『水滸伝』と金聖嘆

渡部直己
Naomi Watanabe

読書人

『水滸伝』と金聖嘆

《史記》是以、文、運、事、《水滸》是因、文、生、事、
——金聖嘆

目次

凡例

＊引用にあたり

1　傍点は、注記なき場合はすべて引用者による。

2　原則として、引用文中の旧漢字は新字に改めた。本文中の書名・人名などもこれに準ずる。

3　適宜、読みがな傍点類を取捨し、引用者による読みがなも添えた。句読点濁点を調整した。

4　必要に応じて省略した部分を（…）で示した。引用者註は（＊）で示し、無印の（）内は引用文・訳文ママ。適宜に、改行を施し、該当頁数を添え、番号記号を記入した。

5　引用作品には原則として初出時の年（月）を適宜に記入した。

6　外国文献は原著の初出時を記入し、訳書の書誌は必要に応じて本文もしくは各章末の註に記入した。訳文中の（）を省略した箇所もある。

7　原典同一箇所の翻訳文が複数存在する場合、それぞれの引用を求める論脈に照らして、より相応しいとおもわれるものをそのつど選択した。これゆえの訳語不統一については予め寛恕を請う。

序文
「解剖学」と「愛」にむけて

先年、わたしは『日本小説批評の起源』（河出書房新社二〇二〇年）と題した書物を上梓した。

一著は、『小説神髄』と『浮雲』を起点とする「近代日本文学」史の慣習に逆らって、我が国の口語小説と小説批評の起源を、それぞれ、古典中国最大の口語（白話）小説『水滸伝』とその縮刷版の編纂者・金聖嘆（金聖歎一六〇八―六一年）に求めたものである。一般的には、むろん常軌を逸した奇矯な試みである。だが、来るべき「文学」にむけて逍遥の引いたレール（一に「人情」、二に「世態風俗」）とは別の軌道にしたがえば、それは奇矯ではなく一種必然的な選択である。このとき、彼の地では「評点」と呼ばれる注釈＝批評の存在が、恰好の軌道となる。その必然性を具体的に――「口と筆との二つの文芸」（柳田國男）の本性上の相違を視野に据えて――検分論証するにあたり、最初期にして最大の「評点家」金聖嘆の、散文テクストにたいする（ほとんど奇蹟的に）フォルマリスティックな視線を介して『水滸伝』を読み直すこと、さらには、この中国の小説と批評とが本邦江戸末期に飛び火して、いわば逍遥以前の「起源」として、曲亭馬琴の小説と批評文を生み出すさまを見定めることに、同書の第一部が費やされた。

　第二部では、同じ「注釈と批評」の関係を広く馬琴以外の書き手に求め、『源氏物語』に金聖嘆—馬琴流の注を施した二、三の文人を対象化したうえで、本居宣長の膨大な注釈書『古事記伝』に就いて、ある意味では、金聖嘆とほとんど同じことをしている我が国最大の（魔王的な）国学者の手さばきを見いだすことになる。

　この第二部は、当の書き手に、当初は思いもかけなかった方向へ伸びた軌道上を、次々と予想外の荷を積みこんで走る列車の機関士めいた感慨を抱かしめた。新鮮な手応えと同時に、その広がりゆえに、『水滸伝』と金聖嘆それぞれに十分には筆を伸ばせなかったことに、わたしは喰い足らぬものを覚えていた。該書「あとがき」に、「未練」の一語を書き留めたゆえんだが……本書は、その「未練」を晴らす方向に形づくられている。

　第一章「好漢たちの「注定《さだめ》」」は、一個の『水滸伝』論である。前著では、作品後半部を「腰斬」した金聖嘆七十回本の暴挙（壮挙）を盾に、残された前半部のいわゆる

「銘々伝」部分の分析に終始したが、本章では、百回本として成書されたオリジナル作品全体に（百二十回本もふくんだ）視野を広げた。広げて、聖嘆が『水滸伝』の読解法として提示した「読第五才子書法」（一六四一年、以下「読法」）を随時参照しながら、論述は国家の掟に背きながらも、テクストに固有の「注定《さだめ》」にたいしては遵法的な無法者たちのありようを素描する。さらに、作品における〈数〉の組成力に着目する論述は、そこに、作品前半部と後半部との対比を結び込むかたちで、テクストにおける長さの問題を前景化している。

第二章「作品は誰のものか？」は、「読法」の逐語的実践としてある夾批・眉批、すなわち『水滸伝』本文中に（映画のオーディオ・コメンタリーのように）細々と書き入れられた聖嘆評の検分を通して、明末清初のシクロフスキーとも称すべきそのフォルマリズムを顕揚する。論脈はさらに、前著以上に近々と目の当たりにした彼の驚くべき分析力が、不意に、通常の「批評」の名をこえた愛着に到るさまにふれている。そのさい、一種の（やや懐古的な）原論として、批評における「正しさ」の問題が——作品にたいする「読者」なる存在の介入性を視野に収めながら——問われることになる。そこでは、前著で取り上げた馬琴の、梁山泊好漢の人数「百八」をめぐる興味深い読解の再検討が（「誤認の産出力」なる評語を伴って）なされている。

第三章「聖嘆批評の「モダニティ」」は、文学における「近代性」とは何かという問いを終始念頭に置きながら、『水滸伝』を活気づける「視点」の問題に焦点をあわせている。論述は、ヘンリー・ジェームズが発明したという「「視点」の技法」を絶賛する「モダニスト」（中村真一郎）を批判的に招致することから始まり、「視点」を通してテクストが示す対立的な二方向の傾斜（反映性／産出性）の指摘に到る。テクストを人生に近づけるか、読者に近づけるか。反映論は前者への、産出論は後者への志向としてあらわれるが、本章は最期に、この対立を、同じ『水滸伝』の評点家としての李卓吾（一五二七—一六〇二年）と金聖嘆との相違のうちに見定めることになる。

第四章「亜流論」は、『水滸伝』から派生した『金瓶梅』と、金聖嘆と同じ流儀でこれを編纂し評点を加えた張竹坡なる文芸批評家を取り上げている。

中国文学史上初の「写実小説」とされる白話長編作品『金瓶梅』は、『水滸伝』とは異なり武松の鉄槌から逃れて淫楽生活をむさぼる男女（西門慶、潘金蓮）を主役とする。論述は、その「衣食住」や「色欲」にまつわる過剰な細部描写の意義を素描し、これを前提に、いわば『金瓶梅』を読む金聖嘆として振る舞う後進の分析姿勢を——前章末の後日譚として——検討している。そのさい、同じく前章に引いたヘンリー・ジェームズも、晩年のニューヨーク版全集「序文」などの文芸批評家として再招致され、傍らに、彼の議論の継承者を自認するパーシー・ラボックなるジャーナリスティックな批評家が登場する。このラボックの「亜流」性のうちに、金聖嘆と張竹坡の関係が三百年を隔てて、変奏されているさまを見届けたうえで、論述は、金聖嘆に立ち戻り、その批評のはらむ両義性を（こちらは第二章に接続するかたちで）指摘することになる。このとき、本書の二、三、四章は、合してひとつのタイトルを要求するといってよいかもしれない。批評、すなわち「解剖学」と「愛」。

　付章は、前著巻末「付録資料」に、馬琴『南総里見八犬伝』（以下、『八犬伝』）中の「稗史七則」などと並べて掲げた『水滸伝』「読法」中の「文法」十五則を修正再録したものだが、本書では新たに「読法」全体の簡単な紹介文を添え、読者の参考に資することにした。この付章に先に目を通してから本文を辿るのも一法かとおもう。

＊

日本の「近代文学」史上、もっとも早く正面から『水滸伝』を取り上げたものに、『めさまし草』巻之二十（一八九七年八月）の「水滸伝」がある。これは同誌の連載欄「標新領異録」に収められた回覧形式の合評で、明治漢文学界の泰斗・森槐南による基調報告に、森鷗外、依田学海、幸田露伴、森田思軒らが順次筆を寄せたものだが、『水滸伝』のみならず関連文献にも広く目を配った槐南の報告のなかで、金聖嘆の「腰斬」は、名作を「おもちやにした」愚挙として一蹴されている。聖嘆の評語自体もまた、先行者・李卓吾への「雷同」と思われることを避けるため、いたずらに異を立てて「自ら快とした」だけのものだと断じられている。これも「古今文人争名の通弊」にすぎない、と。また、例によって文献批判に一流の蘊蓄を示す鷗外は、『水滸伝』を「歴史的小説」とみなし、一部は史実を借り一部は創作としてある「その出来具合はといふと、決して完璧を成しては居ぬ。その全体は今の批評の定規を以て測るべき者ではない」と評している。

なお、この合評ではかなり平凡で穏当な言辞に終始し聖嘆には言及せずにいる露伴も、はるか後年、『国訳忠義水滸全書』（一九二三―二四年）の訓訳者として一転、激しい口調で彼の仕儀をとがめ、「欺罔横暴、何とも云ひやうの無い不埒な奴」と唾棄する（「金聖歎」一九二七年）。「であるから、聖歎を良い批評家だと思つたり、聖歎本で水滸伝を論じたりなんぞしてゐるのは、余りにおめでたい談で、イヤハヤ情無いことであるのだ」、と。

前著では全面的に、本書では断片的に言及する子規「水滸伝と八犬伝」（一九〇〇年）は、これらとは逆に（おそらくこの「標新領異録」を念頭に）『水滸伝』と金聖嘆の価値を称揚した名論として、この国の批評史に銘記されるべきものにほかならぬが、本書はつまり、その子規の後を継ぐものとして、右のような否定語への一連の反撥として形づくられている。このうち唯一悦んで、ただし逆の意味で受けとめうるのは、鷗外の一言である。『水滸伝』は確かに、易きにつきがちな「今の批評の定規を以て測るべき者ではない」からだ。

第一章　好漢たちの「注定《さだめ》」

「行者」武松

大宋国の首府・東京《とうけい》開封市に疫病が猖獗をきわめている。悪疫退散を念ずる朝命を受け、江西信州にある道教大本山（龍虎山）に赴いた勅使が、誤って「伏魔殿」の封印を解くや、凄まじい轟音とともに閃光を発して、星の妖魔たち（「天罡星《てんこう》」三十六員「地煞星《ちさつ》」七十二座）が四方八方、いっせいに天空に飛び散ってゆく。――この周知の場景からはじまる『水滸伝』は、大別して前後二つの部分から成り立っている。

すなわち、「伏魔殿」の半世紀ほど後、その星の妖魔たちが、大小百八人の「好漢」（豪傑）に生まれかわって登場、さまざまな階層(1)から順次さまざまな経緯とともに草賊化（「落草」）し、群れをなして各地を「鬧《さわ》」がせるたびにその数を増しながら、済州の水沢地・梁山泊に大結集（七十一回）、討伐軍を何度も斥けたうえで朝廷の懐柔（「招安」）を受け入れる（八十二回）までが、前半部。帰順した盗賊団が、一転、みずから官軍と変じて諸方に闘い、ついには消滅するまでの顛末が後半部。その前半部は、「九紋龍」史進、「花和尚」魯智深、「豹頭子」林冲、「青面獣」楊志、「及時雨」宋江、「行者」武松、「黒旋風」李逵といった渾名も彩な面々の個別的な活動（その事跡は「魯智深故事」「林冲故事」などと呼ばれる）を描くいわゆる「銘々伝」部分から、彼らを呑み込んで次第に数を増す草賊群らの「集団」活動へと比重を移してゆくのにたいし、後半部は、主に「官軍戦記」に終始する。『水滸伝』とはつまり、ひとつの集団の生成・発展・変質・消滅を描いた物語である。そうみなす通説にあわせるなら、前二者が前半部、後二者が後半部にあたる。

それが、古典中国文学の最高傑作と称される長編白話（口語）小説の大枠をなすことは、愛読者には断るにも及ぶまいが……では、いま試みに、その読者たちに問うて、『水滸伝』においてもっとも印象的な戦争場面はどれかと尋ねてみるとよい。おそらく誰もが顔を見合わせて言葉に詰まるはずだ。対して、梁山泊の面々のうちどの好漢が一番好きかと問えば、答えは別れるものの、誰もが我がちに贔屓の名を口にするだろう。

ことほどさように、「銘々伝」とその集合発展としてある前半部は、後半の「戦記」にくらべ、はるかに面白い。古来、異口同音に指摘されるこの相違は、『水滸伝』を範とした馬琴の『八犬伝』についても同様（以上）なのだが、本邦読本の大作はしばらく措き、『水滸伝』における前後半のこの相違は、ならば一体、どこから生ずるのか？「銘々伝」領分にみなぎっていた個々の生彩が、数千数万の敵味方入り乱れる戦争場面ではいっさんに影を潜めるからだというのが、通常の説明である。草賊らの反逆狼藉の爽快な暴力性が、朝廷の走狗と変じて惰性化する。その脱力感が最後まで覆いがたい、といった所見もある。もちろん、二つながら間違ってはいない。が、その「生彩」や「脱力」には、ここで、一般にそうみなされる以上の幅が託されてはいないか？

そうした点をめぐり、これから応分の言葉を連ねてみようとおもう。便宜上、論述の、ときに前後しときに粗密を違える点はあらかじめ寛恕を請うておくが、元末明初の施耐庵か、彼の弟子筋で『三国志演義』の作者ともされる羅貫中か、あるいは師弟共作、または別の複数人による創作集団か、いまだに確定をみぬものの、途方もない才能に恵まれていたことだけは確実な作者（たち）については、深く問わずにおく。南宋の講釈場から元の雑劇舞台（＝元曲）を経て、元末か明初に書かれたらしき成書原本が、明の中頃（十六世紀中葉）に書籍化されたというその長い成立史と、三種類の版本（百回本、百二十回本、七十回本）の問題はどちらも後述に託し、この場はまず、論より証拠。具体的な一場面を掲げることからはじめてみたい。――「銘々伝」部分の後段、「行者」武松の誕生場面である。

（…）武松は我が身をみまわしてみて、

「こいつはどうも、おれの誂《あつら》え仕立てみたいじゃないか」

黒染めの衣を着、しごき帯をしめると、氈笠をぬいで髪をふりほどき、ほどいた髪を前と後に梳きわけ、鉄の鉢巻をかぶって、首に数珠をかけた。張青と孫二娘はそれを眺めて感嘆の声を放った。

「まるでこれは前世からきまった約束事みたいじゃないか」（…）

武松は、鏡を借りて自分の姿をうつして見るなり、腹をかかえて笑い出した。

「なにがそんなにおかしいんだ」

と張青がいうと、

「いやさ、自分が自分を見ても噴き出さずにはおれんよ。わしでも行者になれるてんだからおどろくよ。さあ、それじゃ髪を切ってもらおうか」

（三十一回・駒田信二訳百二十回本『水滸伝』／以下注記なき場合は同）

「前生注定」。――念のため、この場面にいたるまでの主要な話線、正確には、好漢たちが交互に担う一種のバトン・リレーめいた話線の接続＝切断ぶりを一筆書きしておけば……リレーは、作中最大の敵役にして時の権力者・高俅の迫害を受け、東京を逃れた近衛の武芸師範・王進[2]が、旅先で大庄屋の若者・史進に武芸を伝授するところに始まる。継いで、この若者が流浪先の土地でひとりの下級武官と意気投合するや、前者は退場して話線は後者に委ねられ、凶状もちとなって名刹・五台山で出家するその武官・魯智深（魯達）が、いくつかの珍妙な騒動を一場にもちこんだすえに、都で近衛軍師範・林冲と出会い肝胆相照らすと話は林冲に移る……といった具合に話は繋がり、かつ途切れる。物語はそこで、この林冲がやはり高俅の罠にはまって罪をきせられ、入墨配流（刺配）された滄州の苦役場（牢城）で復讐殺人を犯したあげく、王倫なる人物が支配する旧梁山泊に落草するまでの経緯にあてられるが、梁山泊入りの資格試験として、たまたま対決した楊志が、今度は新たな話線の担い手となる。最初の役目にしくじって浪人中のこの若者は、林冲との遭遇の後また官に復し、二度目の官務として護送を命じられたその「生辰綱」（誕生日の供物運搬）の品々を、鄆城県下に義侠で鳴る大地主・晁蓋とその一味（呉用、公孫勝、阮三兄弟、他）によって強奪される。腐敗した大官らの「不義の財」を奪って何が悪い。それが、後に梁山泊を乗っ取る彼らの理屈だが、この晁蓋一統に追っ手の危機を伝えるかたちでようやく登場した宋江（十八回）が、今度は自分の「妾」閻婆惜を殺して逃げこんだ前王朝の末裔・柴進の広大な屋敷内で、ひとりの偉丈夫と出会い義兄弟の契りを結ぶ。その相手が、在所の役人を半殺しにして逃亡中の右の武松である。

講釈場の名残を毎回の結語「且聴下回分解」（「それは次回で」）にとどめる章回形式の作品は、爾後、好漢「故事」としてはもっとも長い十回分をあて、河北清可県生まれの流浪人・武松の事跡を描きはじめる（通称「武十回」）。宋江とわかれ故郷へもどる武松は、途次、陽穀県の「景陽岡」で虎を素手で殴り殺し、勇名を買われて県の武官に取り立てられる。たまたま、その県下「紫石街」に移り住んでいた兄・武大と再会し、兄夫婦の家に同居するが、武松の留守中、美貌の妻・潘金蓮は間男・西門慶と共謀し夫を毒殺し病死を偽装する。やがて真相を知った武松は、姦婦姦漢および仲介役の老婆を血祭りにあげて自首するが、刺配先の猛州でも義侠心から一暴れ、さらには別件がらみの復讐心から二暴れ、仇敵らの宴席「鴛鴦楼」を襲い皆殺しにしたうえで逃亡し、好漢夫婦（張青・

孫二娘）のいとなむ猛州「十字坡」峠の酒場に身を寄せる。めぼしい客を殺してはその「肉饅頭」を酒肴に出す物騒な店である。その人肉酒場でかつて「調理」されたという托鉢僧の衣装を身にまとい、「行者」と変じて追っ手の目をくらまそうとするくだりが、右に引いた場面となるわけだが……これは大作中もっとも生彩にとんだ行文のひとつであるといってよい。

生彩は、むろん、武松その人の無類の魅力に発する。麓の店主の再三の警告もよそに、大酒の酔いに任せ素手で「景陽岡」の虎と闘う無謀さと、用意周到に兄の復讐を遂げる「紫石街」の計算高さと、復讐心に駆られ、あたるを幸いその場に居合わせた十数人を（悪人良民の見境もなく）殺しまわる「鴛鴦楼」の残虐さ。たがいに相容れぬ複数の相貌が、しかし造型の傷とはならず、かえって肉厚な生気を湛えて読む者を魅了する点において、この人物は確かに傑出しているのだが、たんにそれだけではない。武松の「行者」すがたを目の当たりに、好漢夫婦は、これはもう「前世からきまった約束事」（「前生注定」）ではないかと感嘆の声をあげていた。だがこのとき、その「前世」なるものが、一般にそう呼ばれるものとは異なる活気をみなぎらせて、右に略記した〈王進→史進→魯智深→林冲→楊志→晁蓋一統→宋江〉の接続《リレー》＝切断そのものを指しているとすれば？

「因文生事」

　先だってたとえば「魯智深故事」に描かれてあったのは、渭州軍司令部の下級武官時代、義侠心から土地の顔役を殴り殺し、凶状もちの身を北辺の名刹・五台山文殊院に逃れて出家するも、大酒を喰らって一度ならず二度も修行場の禁を犯し、厳粛な寺院を放逐される破戒僧のすがたであった。文殊院を放逐され東京の相国寺にむかう途次、彼はやはり二度、それぞれ、山賊と悪道人とを相手に大暴れしたうえ、国都で林冲と出会う。そこから始まる「林冲故事」を横切るようにして、いったん作品の背後に退いた魯智深は、ふたたび、今度は「楊志故事」の末段に、いわば偶然の通行人として清州に姿をあらわし、好漢遭遇の通例にしたがって、ふたりはたちまち血盟、やがて近くの二龍山を襲い山塞の新頭目となるのだが、このおりの魯智深の回顧譚によれば、林冲と別れた後、彼もやはり「十字坡」の酒場に立ち寄っていたのだ……と記せば、事態はすでに明瞭だろう。右場面の武松は、いままさに、同じ好漢夫婦のいとなむ同じ店で、かつての魯智深よろしく「行者」になろうとしているわけだ。

このとき、武松はしかも、魯智深が土地の顔役を拳骨で葬ったように、「景陽岡」の虎を素手で殴り殺していた。渾名を初めから冠せられている他の好漢たちとは異なり、百八人中この魯智深と武松だけが、出来事の節目が渾名を生むことも見逃せまい。渭州の下士官・魯達が人を殺して「花和尚」魯智深となったように、清河県生まれの流浪人・武松もここではじめて「行者」武松となるわけだ。好漢夫婦に勧められ、武松は次に、ほかならぬ魯智深が楊志とともに支配している二龍山の山塞を目指す。この運びにはつまり、テクストに固有の類似と近接の関係が露頭している（「類は友を呼ぶ」）わけだが、同じく、その途次——いわば、念の入った行きがけの駄賃のごとく——かつて五台山から相国寺にむかう魯智深が「瓦官寺」でそうしたように、「蜈蚣嶺」の悪道人を血祭りにあげることになるだろう。

ただし、かかる模倣＝反復的な資質はひとり武松の占有物ではない。

この資質はむしろ、「天罡星」の主たる化身として各「故事」をになう大物好漢たちに共通するものであり、たとえば、二龍山の一方の頭領になっている楊志は、「刀」を軸に林冲を反復していた。かつて、高俅の罠にはまり街中で「刀」を買ったばかりに、禍を招き凶状もちとして落草した林冲のように、困窮のすえ、同じ都の路上で「刀」を売ろうとしたばかりに、楊志もまた人を殺し（先の「生辰綱」事件をふくむ曲折のすえ）二龍山に落草していたのだ。落草のおり——かつて偶然の通行人として作中に登場した途端、林冲が挑みかかってきたように——背に刺青を入れた「でっぷりとふとった坊主」（魯智深）がいきなり襲いかかってくるといった照応も、そこに伴っている。その偶接で意気投合した両名が手を携えて山塞を乗っ取り、いま、武松の到来を待ち受けているわけだ。

　同じく、今度はこの「武十回」が「前世」をなすかのように、たとえばその「景陽岡」は、宋江の流刑地江州の下級牢役人・李逵による沂州「沂嶺」の場景を生んでいる。——攻撃箇所の上下や、一方は酔いに任せた「蹴り」と「拳」、一方は母親を喰い殺された恨みの「刀」の違いこそあれ、ともに「穴」の一語が印象的な場景である。

　武松は折れた棒をなげ捨て、両手で虎の頭の斑毛《まだらげ》のあたりをむんずとひっつかみ、ぐいと下へおさえつける。虎はあわててもがいたが、武松の力におし伏せられて身動きもできない。武松は片足で虎の眉間の両眼のあたりをねらって蹴りまくった。虎は吼えたてながら、身体の下の地面をひっかき、泥をかきあげて二つの山をつくり、穴を掘ってしまった。武松が虎の口をその穴のなかへおしつけると、虎は武松にしてやられてまったく力をうしなってしまった。武松は左手で頭の斑毛をひっつかみ、右の手を抜きとって鉄槌のような拳をにぎりかため、あらんかぎりの力を振るって滅多打ちになぐりつける。（二十三回）

李逵が虎の洞窟のなかへもぐりこみ、身を忍ばせて外の様子をうかがっていると、やがて牝の親虎が牙をむき爪をふり立てながら洞窟のほうにやってきた。（…）かの牝虎は洞窟の入口までくるとまず尾をなかへさし入れて穴の中を横なぐりにはらってから、尻のほうから、身体をいざらせてきた。李逵はなかでそれを見すまし、刀をとりあげてその牝虎の尾の下をめがけ、ありったけの力をふりしぼってぐさっと突き刺した。と、刀は見事に牝虎の肛門にささり、李逵の大力はよく刀を柄もろとも腹のなかまで突き入れた。牝虎は一声大きく吼え立て、刀の刺さったまま洞口から飛び出して谷川のほうへ逃げて行った。（四十三回）

同様にして、薊州の薪売り・石秀も、「紫石街」の武松よろしく、義兄弟・楊雄の妻・潘巧雲と間男・裴如海および仲介役の女中を処断し（四十五回）……以下、よく似た照応を大小いくつも作り上げてゆく作品は、その前半部の末段近く、副都の北京大名府の大商人・盧俊義が最後の大物として（子飼いの燕青ともども）梁山泊入りするまでの顛末（六十一、六十二、六十七回）において、最初の大物として入山した林冲における危機脱出場面を、遠く章回を隔てながら、いくつかの細部（同じ二人の護送人、煮え湯の拷問、間一髪の飛び道具）とともに、ほぼそのまま再演してみせるだろう（八回→六十二回）。

ところで、ここにいう「大物」とは、作品の指定する「天罡星」たちと無条件で重なるわけではない。それは、次の三条件を（大なり小なり）みたす好漢の謂である。すなわち、①どんな相手とも互角（以上）にわたりあう能力、②他の好漢と出会い（あるいは闘い）義を結びあう能力、③窮地に陥って仲間を呼び集める能力。そして、とくに抜きんでた「大物」が身にまとう第④の資質としていま問題としているのは、他の「大物」とのあいだで対偶関係を作り出す能力にほかならぬわけだが、まさに、その能力をきわだてるようにして、各「故事」の主役たちの個別的領分では、しばしば、同じこと（よく似たこと）が、別人（または本人）のもとでもう一度繰り返されてくるのだ。あたかもそれが、この場で主役を張る者の「約束事」であるかのように、魯智深も、林冲も、楊志も、武松も、他の面々も、それぞれの出来事を生きるわけだ。

この意味では、暴れ者たちはむしろ遵法的な存在なのだ、と換言してもよい。

ちなみに、上述した箇所までで、魯智深は四人、林冲は三人、楊志は五、六人、武松は十九人、天真爛漫な「殺人機械」といってよい李逵にいたっては、すでに文字どおり数えきれぬほど人を殺しこの後も殺しつづけるのだが、その李逵や武松をはじめ、一場に出没する目も彩な無法者たちは、テクストの〈掟〉にはたいしては、むしろ律儀なまでに忠実なのだ。国家や社会の秩序よりも、好漢同士の「仁義」を重んずることが彼らの表看板である。同時に他方、おのれの住まう作品の秩序にたいしても、彼らはやはり厚い忠誠を捧げるのだと、確かにそうみえてくるのだが……わたしはしかし、ことさら新奇を衒ってかく断ずるわけではない。新奇であるどころか、上記の照応の大半は遙か昔、『水滸伝』七十回本（正式名称『貫華堂第五才子書水滸伝』一六四一年）の編纂者・金聖嘆によって歴然と指摘されているのだ。

先行する百回本（「容与堂本」一五四十年）、百二十回本（「楊定見本」一六一九年）の「招安」以降をばっさり「腰斬」し、白話（口語）の本文中に挿入される文言（文語）の詩詞を虱潰しに削除した彼は、みずから『荘子』『離騒』『史記』『杜詩』と肩を並べる「第五才子書」と名指す『水滸伝』に残された本文の字間、行間に夥しい評注を割り込ませ、あまつさえ、自説にあわせて本文の一部を修正・改竄してみせる。蘇州の在野文人の、その途方もなく野蛮かつ繊細なふるまいについては、すでに小著『日本小説批評の起源』で少なからぬ言葉を費やしておいた。明末清初のヴィクトル・シクロフスキー、もしくはジャン・リカルドゥー。そう称して過言でなく、「序文」に述べたとおり、時代を考えればほとんど奇蹟的なこの文芸批評家のすがたを前著を補強かつ展開するかたちで顕揚することが、本書の大きな目的のひとつともなるのだが、この章ではさしあたり一点、七十回本の前文のひとつとして書き入れた「読法」において、右にいう「約束事」を、彼がまさに、他書に曽て例をみぬ「文法」（「《水滸伝》有許多文法、非他書所曽有」）のうちに数え上げている事実を強調するにとどめておく。左記の名言に導かれた場所に掲げられた十五の「文法」（付章参照）中の「正犯法」「略犯法」が、それである。

某嘗道《水滸》勝似《史記》、人都不肯信、殊不知某却不是乱説、其実《史記》是以文運事、《水滸》是因文生事。（「読法」・『金聖嘆全集』［以下『全集』］一・一八頁）

かつて、『水滸伝』は『史記』に似て勝るといったところ誰も信じず、殊に、わたしが乱説を弄んでいるわけでないことを知ろうともしない。だが、実際、『史記』においては、「文」がそれに先立つ「事」を紙幅へと運び移すが、『水滸伝』にあっては、「文」に因って「事」が生ずるのだ。——この見事な一文は、「フィクション」概念の先駆的賞揚などといった通評をはるかに凌ぐ枕として「読法」の前提をなしている。ならばこのとき、「事」はどのように生ずるのかという問いから十五則の、いわば玉石混淆の「文法」が列挙されてくるのだが（付章参照）、その「玉」中の「玉」ともいえるものが、「前生《テクスト》」の「注定《さだめ》」に類する「正犯法」と「略犯法」にほかならない。

前者は同じことの、後者は類似したことの、ひとしく対偶的な模倣＝反復を指す。本邦大正期の七十回本の訓訳者・平岡龍城が、「正しく犯すの法」「ほゞ犯すの法」と訓じたこの二語に、それぞれ「累子《かさね》書き」「似より書き」の左訓を添えるゆえんだが（『評註訓譯水滸伝』一九一四—一六年）、当の金聖嘆は、上述した武松の「景陽岡」と李逵[3]の「沂嶺」、潘金蓮と潘巧雲の姦通譚、林冲と盧俊義の護送場面を、その「正犯法」に、林冲の「買刀」と楊志の「売刀」、魯智深の「瓦官寺」と武松の「蜈蚣嶺」を「略犯法」の事例に（他の数例とともに）拾い上げている。一場を律するかかる対偶「文法」が、つまりは、腕力では武松に劣らぬ李逵にも虎と出会わせるのだ、と。

以てこれを「因文生事」の一例となす。

同じ漢字文化圏は、四〇〇年近くも前の、しかも優れてフォルマリスティックなその文芸批評家に脱帽しながら、わたしはつまり、驚きとともに進んで彼の後塵を拝しているわけだが……このとき、冒頭に掲げた「行者」武松の誕生場面も、魯智深の（贋）出家にたいする「正犯法」的な反復であると付言するだけでは、さすがに後進の面目がたたない。同じ場所で、金聖嘆の慧眼をのがれてある「文法」のひとつも探し当てるのが、せめてもの努めだとすれば……たとえば、同じ人肉酒場にはいま武松と張青と孫二娘の三人の好漢がいる事実に着目することができる。ほどなくこの贋「行者」が合流するや、二龍山の山賊砦も、新たに三人の頭目（魯智深・楊志・武松）の盤踞する場所となるだろう。

すなわち、好漢たちの個別的な領分には、如上くっきりと「正（略）犯法」的な〈二〉の動きがあらわれていたのに加え、同じ草賊らの群れ寄りあう場所には同時に、集合的な領分の基数としての〈三〉の原則が露頭しはじめてくる。「事」を生み出す「文」は、そこでは〈三〉の掟にしたがうかにみえる。

〈三〉の掟

林冲が落草した旧梁山泊の山塞に、やがて晁蓋一統が乗り込んでクーデターを起こす。首尾よく、最初の首領・王倫を葬って好漢十一人の初期集団が形成されたそのおり（二十回）、新生梁山泊の「席次」をめぐり、古株に遠慮する頭目格の晁蓋、知謀に長けた呉用、優れた道士の公孫勝にむかい、林冲は、あなたがたは「ちょうど鼎の三脚のようなもので、ひとつかけてもいけません」（「正是鼎分三足、欠一不可」）と口にし、上席を譲っていた。その林冲の台詞さながら、どの一つ、どの一人も欠けてはならぬと、まるで虚空で示しあわせたかのように――あるいは、「嘉祐三年三月三日」の早朝、紫宸殿の百官朝賀の光景から始まる『水滸伝』の起句自体が、やがて露頭するその〈掟〉をつとに告げ知らせていたかのように――作中、好漢たちはしばしば三人づれで道を行き、二龍山の魯智深・楊志・武松と同様、各地の山林や水辺に盤踞する好漢たちも、ほとんど判で捺したように三人一組であたりに幅を利かしている（華州「少華山」、清州「清風山」、徐州「芒碭山」、済州石碣村の「阮三兄弟」、江州の「三親分」、等々）。一統が最初に狙いを付けた村（祝家荘）は、屈強な三兄弟と三重の堀に守られ、後に仲間入りする将軍（呼延灼）に率いられた手強い軍勢は「三路」から、鎖で繋ぎあった「三十騎一組」が「三隊」をなす「連環馬」戦法で寄せてくる。何かの期限も「三日」なら、理由も条件も拳骨も「三つ」。逃亡中の大物の首にかけられた賞金はきまって「三千貫」、人肉酒場の掟で、決して手に掛けてはいけない旅人も三種類（僧侶道士、芸人妓女、流罪人）、窮地のなかで気がつけば、宋江の手は「天書」三巻を握っている……といった具合である。と同時に、こうした細部の〈三〉をいくつも周囲に控えながら、前半部の後半、草賊「集団戦」部分の主要な出来事自体もまた、右のような人数や個数のみならず、頻度においても新たな〈掟〉をみたしながら、梁山泊勢の成長過程にきわだってくるのだ。

たとえば、閻婆惜事件の後、めぐりめぐって刺配地・江州で、李逵をはじめ、韋駄天の戴宗、水練に長けた張順らと義を結んだ宋江を、土地の元高官・黄文柄という人物は、三度も窮地に追いこむ（「反詩」の告発、罪逃れの佯狂および贋手紙の正体暴露）。結果、処刑寸前の宋江（および戴宗）救出を目指し、てんでに三方から到来する好漢たちは「白龍廟の小聚義」（第四十回）をなし、それまで各地に単行するたびに仲間を送り込んでいた宋江自身も正式に加盟、梁山泊の頭目は大小四十人に膨らむ。その「集団」の最初の標的は右の祝家荘だが、これを攻め落とすに、梁山泊は都合三度の攻撃を要している（四十七、四十八、五十回）。高唐州攻めも三度。やがて、魯智深らの組織した「青州三山」と合流した梁山泊勢（五十八回）は、さらに各地の好漢を（しばしば無理強いに）吸収し、高唐州につづき華州も襲っては敵方の降将（索超、秦明、呼延灼、等）も仲間に引き入れながら、頭目九十人近くにまで膨らむ。勢いに乗じた一統は、大宋国の副都・北京《ほっけい》大名府までも襲撃するのだが、その北京攻めも前後三度に及ぶ。三度目で、捕縛されていた仲間（盧俊義・石秀）の救出を果たし、打ちそろって梁山泊に戻った面々は、ついに「百八人」の大結集にいたる。中途の曽頭市攻撃戦で陣没した晁蓋にかわり宋江を二代目頭領とし、折しも天より下った碑（「石碣」）表裏の記載どおりに、「天罡星」三十六「地煞星」七十二、各人の席次が定まり、それぞれの職掌が割り当てられる（七十一回）。

　広い水沢地の大要塞に数万の兵を養い、随時に山を下っては遠近となく、汚職官吏の運ぶ荷や、悪辣な成金や大地主の私財を恣に襲って「替天行道」と嘯くその梁山泊軍団にたいし、朝廷はまず「招安の詔書」をもって国家への帰順を促す。この懐柔案が拒絶されると、朝廷は、最初は別人が、ついには高俅がじかに率いる討伐軍を派遣するが、その高俅軍もやはり三度敗れる。その間、二度目の「招安」も袖にした梁山泊は、高俅をも捕虜にした最後の勝利の後、三度目の「招安」にようやく応じ（八十二回）、以後、梁山泊の要塞をみずから解体し、官軍として各地に転戦することになるのだ。

　大略このようにして、大物好漢たちの個別的領分では、しばしば、同じこと（よく似たこと）が二度起こるのにつづき、集団的な領分では、それが三度繰り返されるのだが、最後に登場した盧俊義が――首領・宋江の場合（後述）と同様、その実力、人望をこえた次元で――並み居る強者らを押さえていきなり副首領に収まるのも、たとえばこの点にかかっている。いくぶん「呆気」をおびて譬えば「絵に描いた駱駝」のごとし（「帯些呆気。譬如画駱駝」・『全集』一‐二二頁）。先の金聖嘆「読法」の作中人物評でそう寸評されている北京大名府の大商人は、先述のごとく、林冲とのあいだに長距離の「正犯法」的な関係をみたす（「林冲者山泊之始、盧俊義者山泊之終」聖嘆夾批・二‐四二二頁）。と同時に、その一件もふくめ、彼は別途さらに、北京市の官憲に三度つかまり三度救出されることによって、草賊たちの最終的な大結集を導くことになるのだ。それが、〈二〉の使徒にとどまる他の大物たちにまじって、この「駱駝」的人物が一頭地を抜くゆえんであるとおもわれるのだが……ならばこのとき、それがなぜ、〈二〉であり〈三〉なのかと問わねばならない。

前者については、近体詩の骨髄をなす「対句」と「押韻」の長い伝統を考え寄せて無駄ではない（劉勰『文心雕龍』参照）。いわば、詩法の散文化、あるいは、散文的押韻。金聖嘆のいう「正犯法」「略犯法」の対偶化が指摘しているのは、強盗団の活躍を描く卑語（白話）の散文テクストが、雅語（文言）の精髄をみずからの組成法の一部に、文字どおり掠め取るさまである。その横領性は、同時にまた、十分な長さをもつ小説一般のいわば呪術的《テクスチュアル》な特性に棹さしてもいる。「呪術的」というのは、土俗の「類感呪術」「感染呪術」（フレーザー『金枝篇』）のごとく、類似と近接とが、日常現実とは異なった価値と機能をもつといったほどの意味だが、実際その呪術にも似て、小説にあっては「似たものが近づき、近づいたものが似通いあう」（ジャン・リカルドゥー『小説のテクスト』七一年）。まさにそのようにして――ちょうど、「行者」と変じた武松が「花和尚」魯智深らのいる二龍山を目指すように――男らはみな、互いに似たものとして各地で出会い（「好漢識好漢」）、あるいは、会わぬ前から「噂」に聞く同類として慕いあっている。同時に他方、たとえば、〈林冲→楊志〉の接続＝切断《リレー》が如実に示していたとおり、山中たまたま林冲と接触してしまったおかげで、楊志は「刀」にまつわり、林冲とのあいだで「略犯法」的な感染関係を作り上げるわけだが、この点の詳述は前掲小著にゆだねておく。

この場でより興味深いのは、〈三〉の由来である。ただし、現に目の前にある作品からそうと察しうる〈二〉とは異なり、この〈三〉を測るには別の角度、すなわち、数百年の時間をはらんだその成立史への迂回を要するのだが……このとき、迂路はしかし、かえって直路に通ずるだろう。

講釈→雑劇→小説

作品舞台となった北宋滅亡期の徽宗宣和年間（一一一九—二五年）に、「宋江」を頭とする農民もしくは流賊による叛乱事件があり、その（どちらかといえば小さな）史実から派生した民間説話をもとに、南宋の盛り場で「青面獣」「花和尚」「武行者」などと題された各種の講釈が流行する。その盛況ぶりは、南宋末の画人・龔聖与が残した「宋江三十六賛」なる画賛に伺うことができるのだが、そこには、「呼保義宋江」、「智多星呉学究（呉用）」、「玉麒麟盧俊義」以下、現行作品における「天罡星」三十六人の渾名と姓名が、各人につき四句十六字の賛（「行者武松　汝優婆塞、五戒在身、酒色財気、更要殺人」、「黒旋風李逵　風有大小、不辨雌雄、山谷之中、遭爾亦凶」等々）とともにほぼ出そろっていることが、同時代別人の筆録引用（周密『癸辛雑識』）から知られている。

同じ頃、講釈師たちの種本（「話本」）として成立したとおぼしき歴史読物に『大宋宣和遺事』（以下『宣和遺事』）があり、一書は、八割方を亡国の「風流天子」にして北宋随一の芸術家たる徽宗の、とくに宣和年間の朝野の事跡に充てているが、その一部に、いわば『水滸伝』の「原型」として、「宋江三十六人」（こちらは、宋江＋三十六人）の挿話が書き残されている。そこには、徽宗の命で全国から珍花奇石を運搬する「花石綱」業務に連なった李進偽（盧俊義）、林冲、柴進ら十二名が義兄弟の血盟を交わしたこと、その官務に遅れを取った楊志の「売刀→落草」譚、晁蓋一統の「生辰綱」略奪譚、宋江の閻婆惜殺しなどが――「花石綱」「生辰綱」関係のメンバーをはじめ、現行作品とは筋や細部を異にしながらも――つとに書き込まれ、宋江が道教の女神「九天幻女」から授かった「天書」中の配下「三十六人」の名簿が記されている。その一統が「四出して地方を襲い」（「略州剣県」）、朝廷から派遣された将軍・呼延綽（灼）も「婁戦婁敗」のあげく投降落草し、「那時《このとき》」、何処かで何かに「反」した「仏僧魯智深」も加わることが一筆書きされたうえで（「有僧人魯智深反判」）、勢いづく草賊群については、次のように締めくくられている。

（…）朝廷はいかんともする術なく、ただ告示を出して宋江らを招撫せんと試みた。元帥張叔夜は世代将門の家柄であるが、賊寨におもむき、宋江ら三十六人に説いて、朝廷に帰順せしめた。朝廷は各人に武功大夫の官を授け、巡検使として各地に分遣した。ここにおいて三地区の寇はことごとく平定した。後宋江を遣わして方臘を討たしめ、その功に因って、宋江を節度使に封じた。

（入矢義隆他訳『大宋宣和遺事』）

末尾のわずか十三語（「後遣宋江収方臘有功、封節度使」）が、『水滸伝』後半部全体へと大きくふくらんでゆくわけだが、それを除けば、この『宣和遺事』の挿話群は、先の水滸講釈ともども、現行作の前半部（とくに「銘々伝」部分）にほぼ吸収されてくることになる。――これが第一段階。

次いで、諸説話は元の雑劇舞台を経由する。元の首都・大都を中心に広く波及したこの舞台は、四幕（「四折」）構成の歌劇だが、専門家たちによれば、そのうちのいわゆる「水滸戯」は、現存作品が四種（明初成立とおぼしき二種を加えれば六種）、題名のみ伝わるもの二十数種を数えるが、現行『水滸伝』の内容にほぼ重なるのは、わずかに「梁山泊李逵負荊」（→七十三回／早とちりの罪を詫びるに、李逵がみずからを縛り鞭を背負って許しを請う場面）一曲のみで、残りは（題名のみから察しても）どれも現行『水滸伝』との関連は希薄であるという。ただし、各曲冒頭で繰り返される宋江の次のような決まり文句は、『宣和遺事』には、みられぬものだ。

某《それがし》は三十六人の大頭目、七十二人の小頭目、無数の手下を控えておる。塞は水滸と名づけ、梁山と号す。河川は縦横に一千本、四方周囲は八百里。

（「李逵負荊」一折／中鉢雅量『中国小説史研究』所引）

この宋江に紹介されて山塞から降りてきては、平地で恩返しや悪人退治をしてまた山塞にもどるという定型パターンのなかで、李逵をはじめ、各曲の主役となる燕青や魯智深ら何人かの好漢たちの性格も、現行作品とは面目を違えるのだが、彼此の相違はともあれ、見逃せぬのは、ここではじめて、「七十二人の小頭目」（→「地煞星」）を加えた「百八」の人数と、広大な水沢地に無数の手下を擁した要害たる「水滸」「梁山」の名が語られる点にある。『水滸伝』の骨格成立である。――これが第二段階。

そして、右二つの段階を経由してあたりに拡がる説話の数々が、元末から明初（一説には、明の中頃）までのどこかの時点で、誰かの手によって、蒐集され整理・編集され書き足されて、現行に近いかたちで小説化される。その成書原本にもっとも近いとされるものが、先述した百回本（「容与堂本」一五四〇年）だが、やがて、その後半部に二つの討伐戦（田虎、王慶）を増挿した百二十回本（「楊定見本」一六一九年）があらわれ、さらに、好漢大結集以後をすべて切り捨てた金聖嘆の七十回本（一六四一年／聖嘆は、先行刊本の第一回を「楔子」として、残りを一回分ずつ繰り上げている）が出現する……と、ここまで辿っておけば、当面の用はたりるだろう。

「事」の始まりが、「百八人」ではなく、「三十六人」だった事実を銘記すればよい。

つまり、人数、個数、頻度に加え、ここでまた、生成倍数としての〈三〉、さらには〈講談→雑劇→小説〉なる生成段階としての〈三〉——施耐庵の名も羅貫中の名も冠するのは控えておくが、その成書の作者（たち）は、明らかに、これを意識しこれに反応している。その証拠に、たとえば、『宣和遺事』の「天書一巻」（「有一巻文書在上」）にたいし、「白竜廟の小聚義」を果たした面々と別れ、ひとり故郷へ戻ってまた窮地に陥った宋江が、九天幻女から授けられたのは「三巻の天書」である（四十二回／この書物はしかも、作中前半部で二度、後半部で一度、都合三度、いずれも控え目に用いられている)。同じく、『宣和遺事』のいう「略州剣県」と朝廷軍「婁戦婁敗」から、元帥張叔夜の「招誘」までの事蹟について、現行作品がきわだてるのは、先述のごとく、三度の祝家荘攻撃であり、高俅に率いられた征討軍が三度敗れるさまであり、三度にわたる「招安」なのだ。そのように同じ事や物を三倍加する増殖的な場所で、如上いたるところに〈三〉が繁茂する。

むろん、この繁茂に、話芸由来のごく単純に形式的な統一性を看取することはたやすい。発せられるそばから消え去る口頭語の宿命に抗い、ある特定の数を聴衆の記憶に残すためには、講釈師は同じ数を何度も繰り返すに越したことはない。そのように、『水滸伝』における「語り」の痕跡をこの〈三〉の繁茂に求めることはできる。だが、話芸ならぬ書字のこの場所で、作者はむしろ、聴衆の記憶ではなく、作品そのものの生成の記憶を成体に刻みこんでいるかにみえる。この意味では、方臘征伐の直前(百十回)、「灯籠見物」にでかけた李逵と燕青に、都の盛り場で「三国志語り」(「説三分」)を聞かせている作者の、並ならぬ配慮が伺われてよい。当の李逵らが住まう作品そのものもまた、同じ場所から生まれて、生まれ変わったのだった。

のみならず、この作者は同時に、みずからの分身をも一場に作り出してくる。宋江の存在がそれである。そもそも何故、容貌・体躯にも武芸にも金にも家門にも恵まれず、何度も窮地に陥って救われては、大仰な泣き言と偽善的な謙遜に終始するばかりの済州鄆城県の小役人が、並み居る好漢らを押さえて彼らの首領となるのか？

九天幻女がそう語り、「天書」にそう記されてあったからだというのが、物語の答えである。この人物こそが、物語の要所を担っているというのが、多くの評家たちの所見である。好漢仲間・晁蓋との「義」を重んずるあまり、廻り廻って心ならずも落草はしたが、いずれ国家に許され認められたいという希望を、早い段階から口にするこの人物の緩衝作用なしには、梁山泊一統がかかえこんだ矛盾（貪官汚吏への憎悪・反撥に発した者らが、かえって、その官僚国家の走狗となる）の弱点は、容易に軽減しないからだ、と。実際、宋江は「天書」が保証する首領の威において——魯智深、武松、李逵といった歩兵軍頭領や李俊、阮三兄弟ら水軍頭領らの再三の反対を押し切り——その方向へ梁山泊全体を導く役割を全うするわけだ。左は、天来の石碑の記載にしたがって、百八人の席次と職掌が定まったおりの酒宴の一齣である。

楽和がこのうたをうたって、ちょうど「望むらくわ天王詔《みことのり》を降して早く招安せば」というところまできたとき、とつぜん武松が叫びだした。

「きょうも招安、あすも招安と待っているばかりで、まったくおもしろくもない！」

すると黒旋風も怪眼をかっと開いて、大声で叫び、

「招安、招安って、なんの糞招《まね》きをしやがるというんだ」

と、卓を蹴飛ばして、めちゃくちゃにこわしてしまった。

宋江は大声で叱りつけた。

「この黒ん坊め、なんたる無礼なことをいう。ものどもこやつをひきたてて行って斬り捨ててしまえ」

一同はそこへひざまずいて（＊助命を）訴えた。（七十一回）

だが、宋江は同時にここで、かかる統率力とは別次元で、作品生成の要所にもかかわっているのだ。たとえば、井波律子は『水滸伝』前半部の「ダイナミック」な展開の妙をさして、「バラバラに存在する百八人をいかにうまく繫ぎあわせながら登場させるか、これが物語作家の腕のみせどころとなる」と書いているが（『中国の五大小説　下』）、この

「物語作者」は、そのまま宋江である。現に、『水滸伝』の成書者が、処方に散らばっている説話群を集め、繋ぎあわせ、順序を整えたように、宋江もまた（他の好漢らとは異なり）一所に席を温める間もなく、各地に単行してはそのつど出会った好漢らを梁山泊に送り込み、曾頭市戦で陣没した晁蓋の後を襲って首領に収まるや、晁蓋時代の「聚義堂」を「忠義堂」に改称すると同時に、まず、好漢らの席次を（最終的な「天書」の指示に先立って）みずから整えるだろう。

この宋江を蛇蝎のように忌み嫌う金聖嘆は、その「読法」に挿入した作中人物評において、李逵、武松、魯智深などを最上級（「上上」）に据え、宋江を最低級（「下下」）とみなしている。本文中でも、ことあるごとに（ときには原文をみずから改竄してまで）その「権詐」ぶりを強調し、筆誅的な寸評を繰り返してもいるが、本章の観点からすれば、その理由もおそらく右に由来する。前掲小著に説き、また次章にも再論するように、その大胆な「腰斬」と膨大な量の点評の介入において、いわば『水滸伝』の新たな作者たらんと欲している編纂＝私有者にとって、すでに作者の分身として一場に出没する作中人物を許せるはずもないからだ。宋江への執拗な筆誅は、つまり、一種越境的《テクスチュアル》な嫉妬でもあるのだ。(4)

世のあらゆる小説は、なんらかの人や物や出来事を描いている。だが、時として逆に、その人や物や出来事が――「メタフィクション」でも「入れ子式」でもなく、もっと複雑な「実験小説」でもない、ごくリーダブルな作品として――当の小説を（すなわち、その組成や生成の特性を）描いてしまう場合がある。『水滸伝』がまさにそれであり、その場所で、人物や事物は、作品の要素であると同時に、作品自体の方法と化し、それが彼らの「定め」（「注定」）となる。梁山泊勢と合流した魯智深らの「清州三山」が、清州城を攻め落としたさいの祝宴で、それぞれの因縁を確かめあう者たちが、かつて武松の「行者」すがたを前に発せられていたのと同じ言葉（原文「注定」の一語はそこでは「約束事」と訳されていたが――為念）を口にしあうのも、むろん、これゆえである。

席上、林冲は、かつて魯智深に救ってもらったこと（第九回の冒頭）を話して礼をいった。魯智深が、

「滄州でお別れしてから、嫂さんの消息は分かりましたか」

とたずねると、林冲は、

「王倫をやっつけた（第十九回）あとで、家族のものをひきとらせに使いのものを家

へやりましたところ、妻は、高太尉の極道息子に迫られて、とうとう首をくくって死に、妻の父もそれを苦にして病気になり、死んでしまったことがわかったのです」

楊志は、王倫が頭領だった時分、山で林冲に出会ったこと（第十二回の冒頭）を話し出した。一同はみな、

「みんな前世の定めというもの。偶然とは思えないな」

といった。晁蓋が黄泥岡で生辰綱を奪ったこと（第十六回。生辰綱の宰領者は楊志だった）を話すと、一同はみな大笑いとなった。

（五十八回／傍点渡部）

「此皆注定、非偶然也！」——だが、繰り返すなら、これは「前世の定め《テクスト》」というものであり、その「注定《さだめ》」として、好漢たちの個人的な領分には「正（略）犯」的な〈二〉が、集団的な領分には〈三〉がきわだち、それぞれ、現行作品における組成の特性と、現行へといたる生成過程を指し示しながら、交互に（また交叉的に）[5]一場を形成する。それが、『水滸伝』の前半部に起こっていることである。奇異な見立てだろうか？

だが、少なくともそう考えてはじめて、作品後半部をひたす空疎さの理由が判然とするのだ。百回本には、北方の異民族国家（遼）と南方の叛乱軍（方臘）にたいする討伐戦

が描かれ、百二十回本は、両戦のあいだにさらに二つの征討戦（河北の田虎戦・淮西の王慶戦）を挿増しているが（このうち、史実潤色は方臘戦のみ）、その大半が「官軍戦記」として読まれる後半部は、実際、〈二〉と〈三〉をめぐる草賊たちの「注定」が、曖昧な〈多数〉のなかで雲散霧消してゆく過程としてあらわれてくる。果然、彼らはそこで、小説に描かれると同時に当の小説を描いてゆくという相互的《テクスチュアル》な厚みをうしなって、いっさんに平板化してゆくだろう。逆もまた真。小説自体もとうぜん厚みをなくし、前半部に数倍する人や物の名を書き込めば書き込むほど、一場はかえって痩せ細ってゆくのだ。

「散沙」的な平板化

登場人物の増加に応じて痩せ細るテクスト。——実際、『水滸伝』百回本を通読する誰もが痛感するこの印象は、百二十回本の場合さらに覆いがたくなる。これゆえ、「百八人」勢揃い以降をすべて切り捨てた金聖嘆七十回本が、清朝時代を通じて他本を駆逐し、民国時代の「文学革命」期の理論家・胡適ですら、当初は他本の存在を知らぬといった事態に到る。対して、十八世紀中葉の江戸期から三種すべての版本に接していた本邦の読書人は、馬琴の往事より百二十回本を重んじてきたという相違[6]があるのだが……それはともあれ、みずからその百二十回本を――俗気紛々たる活気にみちた口語文を、なぜか、厳めしいまでに折り目正しく――訓読した当の幸田露伴でさえ、一編後半部の索漠たる印象にかんしては、「水滸伝の征遼、征田虎、征王慶、征方臘の四大戦を叙する、時に乾燥枯淡味無きもの」「人をして倦厭せしむるに近きもの有り」などと記さざるをえぬことになる（『国訳忠義水滸全書』「解題」）。専門知と洒脱な文学センスを兼ね備えた『水滸伝の世界』（一九八七年）の高島俊男もこう書いている。

実際に水滸伝を読んでみれば、誰しも征遼八回は挿増部分だと思う。ほかの部分と話がつながらない。必然性がない。登場人物（＊「百八人」）がふえも減りもしないというのも不自然だ。とりはずしてもいっこうさしつかえない。いやとりはずしたほうが自然である。その上、水滸伝は面白いのに、この部分は話もつまらないし文章も劣る。

胡適、魯迅の当時から、「招安」後の征遼戦八回分（八十三回―九十回）は、〈招安→方臘征伐〉としてあった成書原型に挿増された部分ではないかという説がある。この場合、その加筆を経た百回本に、さらに楊定見（他）による二十回分の挿増が加わって百二十回本が生まれるといった筋となる。右一節は、これに反し、原型はやはり百回本で、征遼と征方臘ははなから「セット」だったという宮崎市定説（『水滸伝』一九七〇年）に加担する文脈上に読まれるものだが、いま、宮崎説の当否については不問とする。ここでの要は、結果として、この征遼部分が作品後半部に導き入れる平板さの質にあり、実際、「この部分」のみならず、つづく征田虎、征王慶はやはり「つまらないし」、最後の方臘戦も（後述する一点を除き）「戦記」としてはいかにも粗笨な出来映えに収まっている。

たとえば、征遼戦最大の山場。数万の「官軍」梁山泊勢と、国王のもと兀顔大元帥に率いられた二十万の遼軍との正面衝突を描くその場面には、大元帥麾下の「十一曜の大将」「二十八宿の大将」による「混天象の陣」なる陣形や、居並ぶ将軍らの通り名・姓名、きらびやかな旗や武具装束、中軍の「鳳輦」上に着座する遼国王や、傍らの供奉高官の様子などが延々と列挙され、原文で無慮二千字ほどの言葉が費やされてある一方、いざ、火ぶたが切られるや、事態は以下のごとくあっけなく推移してしまう。

その言葉のまだおわらぬうちに、五門の砲がいっせいにとどろき、はやくも敵陣から軍勢がどっとおし出てきた。中央は金星で、四つの星がこれをとりまき、五隊の軍をひきつれて斬りこんでくる。その勢いは山のくずれ落ちるがごとく、あたるべからざる激しさであった。宋江の軍はほどこすすべもなく、背をむけて急いで逃げようとした。本隊は出足を止められ、左右から遼軍に挟み討ちをかけられて、宋江は大敗を喫し、あわてふためきつつ兵を後退させて本陣へ逃げもどった。遼軍もそれ以上は追ってこなかった。

（八十八回＊「金星」「四つの星」は遼将を指す）

右は、原文で八十五文字である（「説猶未了、五炮齊響、早是對陣踴出軍來。中是「金星」、四下是四宿、引動五隊軍馬、捲殺過來、勢如山倒、力不可當。宋江軍馬、措手不及、望後急退。大隊壓住陣腳、遼兵兩面夾攻、宋江大敗、急忙退兵、回到本寨、遼兵也不來追趕」・以下、百二十回本原文は「開放文學」サイト『水滸全伝』に依る）。すなわち、少なく見積もっても、23：1。

『水滸伝』後半部の言葉がここで、動かないもの（人名、陣形名、武具装束、等々）にむけてさかんに蝟集する一方で、動くもの（戦闘）にたいしてはきわめて消極的な姿勢を示している点に留意すればよい。程度の差こそあれ、この不均衡が——さながら、テクストがまた新たに受け入れはじめた〈掟〉のごとく——後半部の戦闘場面を特徴づけるのだが、この〈掟〉自体が、戦場描写には、もっとも不適合なものであることは、いうまでもあるまい。かつて、梁山泊付近の山林で、入山のための資格（「投名状」）として人の首を要求された林冲と、たまたまそこを通りがかった楊志とは、たしかに闘っていた（十二回）。だが、こちらの「戦場」では、〈敵／味方〉という口実のもと、夥しい名前が、たんに並びあっているにすぎない。

さらには、その落草入山以前、滄州牢城の「まぐさ置き場」から酒を求め、手槍の先に瓢箪をぶらさげ、風雪をおかして凜然と歩み出す冤罪被害者が、やはり林冲でなければ収まらぬのに反し、たとえば、田虎征伐の一齣で、喬道清なる妖術使いに翻弄され、「あわてて馬を返し、宋江を守りつつ北のほうへと逃げだした」将軍（九十五回）が、同じ林冲である道理はまったく薄い。また、方臘戦序盤の常州城攻撃で、「西の陣」を受けもつ二人の「正将」（百十二回）が、かつて大酒の末、五台山修行場への戻りしな山門の金剛像を叩き壊した破戒僧、および、景陽岡で虎を殴り殺した流浪人と、それぞれ同じ人物である「必然性がない」。以下同様……そのあまたの事例において、林冲、魯智深、武松といった肉厚な固有名は、一転そこで、無数の名のなかで痩せ細り、他の名前といとも容易に交換可能な記号的平板さを余儀なくされるのだ。楊志にいたっては、みずからを囲繞する新事態そのものに患ったかのように、方臘戦序盤で、あっけなく病臥してしまうだろう（百十二回）。

大規模な「戦記」一般の陥りがちな通弊が、その悪しき新事態を助長する。戦域戦線の拡大に応じた視野の分割処理の未熟さが、それである。

みなさん、この回の話はすべて砂をまいたようにばらばらです。（…）ひとりひとりについてすっかり語ろうとしても一度に語ることはできませんので、ゆるゆると眼目だけを述べてゆきますが、いずれはっきりとしてきます。（百十四回）

「この回」では、すでに方臘支配下の江南三都を落とした征討軍は、宋江率いる隊伍が北から、盧俊義の軍が西から、杭州に攻め寄ろうとしている。盧俊義軍は、さらに二手に分かれて進軍し、宋江軍からは、杭州南方の大河（銭塘江）に水軍が派遣されようとし、さらに、柴進・燕青らを青渓県にある方臘の自称「宮廷」内に送り込もうとしている（柴進はやがて、まんまと方臘の婿になる）。右は、その段階における話者の挿評である。いわゆる「神の視点」に就く話者はまた、方臘側の場景も描いてしまうのだが、この場合、そのように四分五裂する対象にたいする同時異景描写は、原理的に上手くはゆかないのだ。[7] いかなる「神」も、同時に起こることをたとえ一望の下に収めえても、それをまさに「一度に語ることは」できないからだ。

（＊方臘側の）三名の大将は三手に分かれ、それぞれ兵三万をひきいた。軍勢の手わけがきまると、それぞれ金帛を賜わって、出陣をうながされた。元帥の司行方は一隊の軍勢をひきいて徳清州を救援すべく、餘坑州をめざして進んだ。

（＊盧俊義軍団の）二手の軍勢がそれに策応して出て行ったことはさておき、一方、宋先鋒（＊宋江）の本隊の軍勢は、次第に前進して臨平山までやってきた。（同右）

たとえばこうした具合に、個々の場景自体の配列も「必然性」を欠き、「砂をまいたようにばらばら」（「散沙一般」）な空間構成のなかで、果然、何も「はっきりと」せぬまま進行する作品後半部は、いよいよその平板さを増してゆくのだ。

ちなみに、本章冒頭に一言しておいたように、同種の平板さは、馬琴『八犬伝』の後半部にもあらわれてくる。日本版『水滸伝』といってよい馬琴作は、「伏魔殿」の解封（→「百八」星）と「伏姫」の切腹（→「八犬士」）との呼応をはじめ、挿話個々の類似に事欠かない。のみならず、犬士たちが集合離散を繰り返したすえ里見家に大結集（「八犬士具足」百二十七回）するまでの前半部の鮮やかさと、一犬士（犬江親兵衛）の京師譚につづく関東両管領軍と里見家の大合戦を描く後半部の単調さ、という全体的相貌まで踏襲しているのだ。親兵衛京師譚は「全く省いても少しも差し支えない贅疣《ぜいゆう》」で管領戦争は「最も拙劣を極めている」と酷評する内田魯庵（「八犬伝談余」一九二八年）を筆頭に、『八犬伝』を読む誰もが――「犬夷評判記」（一九六一年）の花田清輝などをごく稀な例外として――口にするその欠陥も、前半部におけるテクスチュアルな厚み（「偸聞《たちぎき》」「闚窺《かいまみ》」の反復を介した、いわば、読者の作中人物化）の解消に伴って生じてくるのだが（小著『日本小説技術史』第一章参照）……いつまでも同じポイントに立ち止まっていても埒があかぬ。『八犬伝』を呼び寄せてここで強調すべきは、むしろ、同じ後半部の大尾にみる和漢両作間の本質的な相違である。

　めでたく両管領戦に勝利し里見家再興を果たした八犬士らは、簾ごしに紅緒をひきあう籤引（！）でそれぞれの妻を娶り、ついには幻母「伏姫」ゆかりの地で仙人になりおおせる。読む者に白々とした脱力を強いるその結末とは雲泥の差を示して、『水滸伝』最末尾、名だたる好漢らはそれぞれ、それまでの単調さを引き裂くような行文の連打のなか、文字どおりほとんど一瞬にして、次々と消え失せてみせるのである。――そのすがたを確認することが本章の最後の要となる。

単数〈死〉あるいは恩寵

征遼戦では、道士・公孫勝の無敵の幻術と、傷病をたちどころに治してしまう「神医」安道全の活躍で、梁山泊の好漢百八人は誰ひとり死なずにいる。後世の挿増部分たる田虎戦・王慶戦でも、戦死するのはそこで新たに登場してきた者らに限られている。結果、三戦とも無傷のまま凱旋した「官軍」梁山泊は、最後の方臘戦に（朝廷の内務用に引き抜かれた九名を除く）総勢九十九名で臨むのだが、大小の好漢らは一転――征遼戦後、宋江のもとを去った公孫勝、方臘戦序盤で朝廷に呼びもどされた安全道の不在も一因し――合戦のたびにみるみるその数を減じてゆく。作品はそこで、不意に何かを思い出したかのような規則性とともに、ひとつの例外（74）をふくんでその減算（108→99→74→66）を重ねてゆき、悪戦苦闘のすえ青渓県の本拠地を落とし、自称「天子」方臘を捉えた時点で、生き残った好漢の数は、ふくまれる名こそ異なれはじめの「三十六人」（！）となる。この規則性から逃れるかのように、駐留地杭州の宿坊「六和寺」で、一瞬にして悟りを開いた魯智深は——方臘生け捕りの大殊勲など歯牙にもかけず——座禅すがたのまま死んで（「坐化」）みせる。最終盤の睦州城攻めで左腕を失い「廃人」同然となった武松も、宋江の誘いを斥け「六和寺」の「寺男」となる。

宋江らはひきつづいて軍をまとめて都へ帰ることになったが、いよいよ出発というとき、はからずも林冲が風病（中風）にかかって全身不随になり、楊雄は背中に瘡（できもの）ができて死に、時遷も攪腸痧（霍乱）をわずらって死んだ。宋江はそれを見て、かなしんでやまなかった。と、そこへまた丹徒県から文書がとどいて、楊志が死んだので県の墓所に葬ったと知らせてきた。林冲の風癱（中風）はなおる見こみもなかったので、六和寺に残して武松に看病させた。のち半年で林冲は死んだ。

（百十九回）

このくだりに相当する原文はわずか九十五文字にすぎない。林冲、楊志はもとより、作品前半部において、武松の「紫石街」とのあいだに、「姦婦」成敗をめぐる「正犯」的な場景を（石秀とともに）作り上げていた楊雄も、梁山泊内の席次では下から二番目の「地煞星」ながら、まさに「蚤」のごとく敏捷に間諜的な資質をきわだてる「鼓上蚤」時遷も、みずからに多くの言葉を呼び寄せて、その場その場の主役を務めていた。それがこうして、それぞれ十文字にもみたぬ言葉（「楊雄發背瘡而死、時遷又感攪腸痧而死」）のなかですがたを消してゆく。

このあと、凱旋途中でも、任官を良しとしない燕青や李俊らが離れ、宋江一統は――まるで、〈三〉の倍数たることには最後まで形式的な忠誠を捧げるかのように――「二十七名」の「集団」（108→99（→74）→66→36→27）として徽宗に謁見し、それぞれ大小の地位役職を得て各地に分散してゆくのだが、作品はその最終回冒頭、同様の筆つきで、好漢たちのその後を列挙しはじめる。

すなわち、「天罡星」の好漢では、たとえば、持ちまえの神速で各戦地を駆けまわってきた戴宗は、朝廷から与えられた役職を返上し、出家した数ヶ月後、格別の病気もないまま、仲間の道士らに別れを告げ、大笑いしながら死んだ（「大笑而終」）。前王朝嫡流の特権所有者として登場した柴進も、いま、官職を返上し故郷で気儘に暮らしていたが、ある日とつぜん、わずらうでもなく死んだ（「忽然一日、無疾而終」）。「三国志」の関羽の血を引く豪傑・関勝は北京大名府の兵馬総監となったが、ある日、訓練場からの帰路、大酔いして落馬しそのまま病没した（「一日、操練軍馬回來、因大酔、失脚落馬、得病身亡」）。呼延灼は、御営指揮使に任じられた後、金国との戦いで大軍を率いて活躍したが、淮西で陣没した（「出軍殺至淮西、陣亡」）。

「地煞星」好漢の行く末もやはり、簡潔な墓銘碑のように、淡々と列挙されてゆく。

宋青は郷里へ帰って農民になった。
杜興は李応にしたがって郷里へ帰った。
黄信はもとどおり青州で任官した。
孫立は弟の孫新、その妻顧大娘および妻子をともなって、もとどおり登州で任官した。
鄒潤は役人になることを望まず登雲山へもどった。
蔡慶は関勝にしたがって北京へ帰り庶民になった。

裴宣は楊林と相談して飲馬川へ帰り、官職を授かったが閑寂を求めて去った。蔣敬は故郷をなつかしみ、潭州へ帰って庶民になった。朱武はかねて樊瑞から道法を教わっていたが、二人はともに道士になり、各地を歩きまわったすえ、公孫勝に身を寄せて出家し、天寿をまっとうした。（百二十回）

この列挙箇所を序奏のごとく配する作品は、ほどなく、高俅らの策動によって宋江ら首脳部が死に追いやられる場景を描いてゆく。それが『水滸伝』の大尾となるわけだが、このとき、たとえば先の高島俊男は、その大詰めより、戴宗からはじまる序奏箇所をこそ大作中の白眉とみなし、その列挙の一部を（逐一改行して）右のごとく訳出したうえで、次のように記している。

わたしがこの豪傑たちのゆくすえを叙した部分を「ある意味で最も感動的」というのは、長い長い『水滸伝』を読んできてここにいたると、この淡々たる箇条書き的叙述が、どんな修辞を凝らした文章よりも、「ああすべてはむなしかったのだ」という感慨をもよおさせるからである。（『水滸伝の世界』）

高島はそこで、一切は「空の空」であるという作品の「世界観」をめぐって言葉を継いでゆくのだが、「感慨」はしかし、その次元にとどまりはすまい。ここで真に感動的なのは、人生ではなく、まさに小説ならでは出来事として、無類の「感慨」が到来する点にある。すなわち、この「箇条書き的な叙述」のなか、大物も小物もいわば剥き出しの単数として消え去ることによって、ともに救われていること。

大物好漢として、前半部の「銘々伝」において身におびた個々に交換不能な生彩を、後半部の〈多数性〉のなかで失いつくしてきた者たちが、如上それぞれ簡潔に死んでみせるのは、ある種の理にかなっている。それじたいが絶対的な交換不能性としてある〈死〉において、彼らはいわば、最終的な復権を果たすことになるからだ。しかも、その単数性は、〈一〉も〈三〉もなく、もはや他のいかなる数とどんな関係も結べぬし結ばぬという孤絶ぶりにおいて、「銘々伝」の主にふさわしい最後を凛然と彩っている。林冲も楊志も魯智深も、方臘戦終盤の昱嶺関攻めですでにあっけなく戦死していた史進も石秀も、「廃人」同然の武松も、みな、二度とその名を忘れられぬように、この場から消えてゆくのだ。戴宗をはじめとする他の「天罡星」らについても、多くはこれに準ずる。

他方、傍らに列挙された「地煞星」の小物たちは、林冲らと同じ簡潔な末路においてはじめて、読者の記憶にくっきりとその名を刻み込むことになる。「百八」の員数あわせのごとく登場し、どの挿話、どの戦場にあってもほとんど目立たずにあった彼らは、生き延びて作品から退場するその一瞬、死んで消え去った大物たちと同じ単数性を身にまとう。そのとき、管見ながら他のどんな小説にも類例をみない一種の平等性が——やはり〈死〉の定義を担いつつも——恩寵にみちた通気とともに横あいから不意に紙幅をよぎりながら、これらの端役たちを祝福してみせるのだ。

と同時に、ここにきわだつ簡潔な叙述法は、作品の後半部全体をも救う。箇条書きの短さが、それぞれひりたつように貴重なものになるのは、そこにいたるまでの過程が余りにも平板に長いからだ。後半部の冗長さは、逆にその一点にかけて、はじめて意義深いものとなる。

現に、右の高島が、「長い長い『水滸伝』を読んできてここにいたると」という条件を書き込んでいるのも、この点にかかわる。『国訳忠義水滸全書』の「解題」で、「水滸伝の征遼、征田虎、征王慶、征方臘の四大戦を叙する、時に乾燥枯淡味無きもの」「人をして倦厭せしむるに近きもの有り」と記していた露伴が、すぐに「而して後に宋江服毒の凄惨凛烈、人をして毛骨竦然たるに至らしむもの有り」と続けるところも、同断である。ポイントを大詰めに移しただけで、露伴もまた（百二十回本の訳者としてはとうぜんながら）「人をして倦厭せしむる」長さの同じ効用を語っているからだ。

その大詰めでは、まず、盧俊義が宮廷で毒を盛られ、任地への帰路に溺死する。楚州の宋江の元にも同じ遅効性の毒薬（「慢薬」）入りの酒が下賜され、呑んで死を悟った宋江は、潤州に赴任していた李逵を呼び寄せ、手ずから彼の盃にも「慢薬」を盛る。「朝廷が私を裏切っても私は朝廷に叛かない」[8]。この期に及んでも同じ紋切型を口にする彼は、自分なきあとの（かねてより朝廷を軽視する）李逵の叛乱を恐れたからだ。だから、いまお前に毒をもったが悪く思うなと諭された李逵は、涙ながらも莞爾として事態を受け入れ、任地に戻って死ぬ。参謀格の呉用と花栄も、宋江の墓前で後追い自殺し、ついにすべては露と消え失せる。露伴が「凄惨凛烈」と絶賛する場面がこれだが、別に、『水滸伝』を「世の中で一番面白い本」だと断ずる中村幸彦も、この一段の李逵の心根に何より深く感動するという。

（…）最後の一段、好漢李逵いう、生ける時可可《カカ》に伏侍す、死して又部下の一小鬼とならんと。この心情の単純にして清聖なるに、全巻を通じて最も深く心を動かされた。その後、世の瑣雑疲労を感じた時、清純な心情にふれたいと望んでこの一段を開いたけれど、この一条を読むだけでは、その大きな感銘は生じない。回を重ね読み読んで爰に到達して感得すべきものであった。

（「水滸伝雑記」一九四四年・『中村幸彦著述集』第七巻所収）

それからというもの、『水滸伝』を手にするたびに「百二十回」全巻の繙読が慣習になったと、日本近世文学研究界の碩学はそう続けるのだが、これはちょうど、プルースト『失われた時を求めて』の末尾、「時」をめぐる小説を書こうと決心する話者「私」のすがたにもう一度深く感動するためには、同じ「私」の就寝習慣からはじまる膨大な量のすべてのページを「読み読んで」みなければならぬというに等しく、かつ、それは決定的に正しい。先の列挙箇所と同様、この「服毒」場面に感動する以上、たとえ他になんの取り柄もなく、現にほとんどないとしても、征遼戦からはじまるこの長さは肯定されねばならぬ。——この意味において、『水滸伝』とは、「戦記」として失敗することにも成功した例外的な作品なのだと約言することができる。『八犬伝』との雲泥の差、と書いたゆえんである。時間の経過や出来事の日付を作中一貫してほとんど明示しないこの『水滸伝』について、ときに、その神話的な「無時間性」といったポイントが語られている。だが、ここにきわだってくるのは、神話などでは毛頭ない、まさに小説の時間なのだ。

ところで、百回本から百二十回本にむけていっそう深くなる「感慨」は、とうぜん、金聖嘆の七十回本からは得られぬものである。こちらは何しろ、百八人が勢揃いしたその晩、盧俊義の夢の中で、全員の首があっというまに刎ねられ終わってしまうのだ。そうした無謀すぎる改編（「腰斬」）が、上記の「感慨」と引き替えに誇示するさまざまな美質にかんしていまは問わぬとして、結果的に宋江らを盗賊のまま死滅させる七十回本が、旧来の『水滸伝』を駆逐してしまった事実は、改めて最後に言い添えておく価値がある。「容与堂」百回本の正式名称は『李卓吾先生批評忠義水滸伝』であり、露伴の訓訳書百二十回本も『国訳忠義水滸全書』であった。仲間への「仁義」ではなく、国家への「忠義」。金聖嘆はまさに、『水滸伝』の後半部が担保するその「忠義」の一語を消し去ってみせたわけだが、皮肉にもこのとき、その一語をめぐり、彼ははからずも、あれほど毛嫌いした作中人物と瓜ふたつの存在となる。聖嘆はそこで、宋江とは確かに真逆の方向に、しかし、それが不可逆的である点においてはまったく同様の変化を『水滸伝』そのものの歴史に刻み込んでしまうからだ。すると、どうなるか？

このとき、ここに描かれたひとつの集団の歩みが、講釈や雑劇舞台で発生し、成書原本を経て百回本、百二十回に成長し、七十回で変質するという『水滸伝』自体の履歴とぴたりと重なる。そのうえ、清朝を通してしばしば「禁書」となった『水滸伝』は、その消滅指令にもかかわらず読み継がれ——右のごとく鮮やかに消え去った者たちと同様——無二の生彩を誇っているのだ、と、そう結んでもよい。

もちろん、金聖嘆自身が、これまで見越していたわけではあるまい。そこに描かれたものが、それを描く場所の組成のみならず、こうしてその命運にまで似てきてしまうのは、ならば、たんなる「偶然」か。あるいは、成書そのものにすでにはらまれていた可能性のしからしむ「注定《さだめ》」なのか？　それは分からぬし、誰にも分かりはすまいが……一事もやはり、小説なる場所にごく稀に訪れる恩寵にみちた奇瑞のひとつであることは、確かだとおもう。

註

（1）上は、前王朝（後周）の皇帝子孫や当代の大商人・大地主から、下は、博徒、強盗、墓泥棒まで。社会両極の幅を示してあらわれる好漢たちの前歴は、国軍の将官、下士官や地方政府の長官、警官、役人、および漁師、猟士、道士、居酒屋主人、医師、裁縫師、鍛冶屋など多岐にわたるが、わけても、梁山泊首領・宋江が、「胥吏」と呼ばれる準役人（役所と民間人とのあいだを周旋し手数料を取る無給の世襲役人）出身とされ、軍師役の呉用が村の知識人（私塾教師）だという設定が注目される。どちらも、〈科挙→上級官吏・行政官〉コースが支配する官僚国家を逆照して、作品の「極道性」を準備している。女「好漢」が例外的に三人登場するが、いずれも男「好漢」の妻である（妻となる）ことも、ホモソーシャルな作品世界をよく表していよう。また、そのつどどこからともなく降って湧き梁山泊の軍勢となる無名無数の者たちも、多くは非「良民」、定住社会から剝がれ落ちた困窮民、流亡民とおもわれる。

（2）次走者にバトンを手渡すや、そのまま競技中のフィールドから搔き消える第一走者。そうしたランナーにも似た王進は、そのあっけない退場ぶりにおいて、逆に不思議と強く読者の記憶に留められる存在である。そのせいか、この人物は、たとえば、梁山泊の生き残りたちの活躍を描く陳忱『水滸後伝』（一六六四年・馬琴『椿説弓張月』の種本）に呼びもどされ、本邦では、北方謙三の『水滸伝』（一九九九―二〇〇五年）において、好漢らの指南役として全編に出没し、作品の鍵を握る人物と化している。

（3）「殺人機械」と呼んでよい暴力性において、あまたの好漢中、李逵はもっとも荒ぶる人物だが、同時に、その周囲に模倣・類似の主題が頻出する度合いにおいても傑出している。武松の「景陽岡」にたいする「沂嶺」はその一例だが、母親を喰い殺した虎へのこの報復場面に先立つくだりでも、李逵は自分の名をかたる偽者

（「李鬼」）と遭遇しこれを成敗、酒の肴にその肉を貪り喰らっている（四十三回）。後段でコンビを組む燕青とともに偽の宋江を成敗し（七三回）、燕青が出場する泰山の相撲大会からの帰途、役人らを脅し揶揄って偽の裁判を仕立て、珍妙な判決を下す（七四回）といった具合だが、このとき、テクストの組成法にはもっとも従順な人物が、一方では、朝廷にたいするもっとも激しく素朴な叛乱気質をおびている点は、改めて注目を要する。

（4）「上上」「上中」「中上」「中下」と格付けされる同じ人物評で、「下下」に据えられる二人が、宋江と、「鼓上蚤」時遷である点も、よく似た基準に則していよう。間諜的な役割を果たす時遷が誇示する〈覗き〉と〈立ち聞き〉の能力もやはり、話者における対物描写機能の分身的契機を越境的に担っているからだ。呼延灼の「連環馬」に苦しんだ宋江一統が、対抗策として、国軍の金鎗班師範・叙寧を仲間に引き入れようとする。そのための方途に、叙寧家家宝の「鎖甲」の窃盗を命じられた時遷が、屋敷に忍び入り、夜通し彼の部屋を覗き込んで隙を伺う場景（五十六回）などその典型的な場面だが……『水滸伝』の好漢のうち、わたしは、魯智深とともにこのコソ泥を贔屓してやまない。魯智深は、むろん、上田秋成『春雨物語』の「樊噲」から中上健次の描く荒くれ者に通じ、なぜか奈良興福寺の竜灯鬼像を彷彿とさせる時遷の周囲には、いまだ十分には見極めていないが、古今東西の作中人物を鼓舞して珍重すべき系譜が予想できるからだ。

（5）〈二〉と〈三〉との「交叉」を担うものが、本文に記した「大物」好漢の条件③、敵方に捕縛される能力にほかならない。その個別的な窮地を救うべく「集団」が動き戦うからだ。

たとえば、「白龍廟の小聚義」をなした梁山泊一統の初の対外戦となる祝家荘攻めのきっかけは、コソ泥・時遷がその村の鶏を盗んで捕縛されたことにある。次の高唐州攻めは、叔父を見舞いに行った柴進が、高俅の従兄弟の知府・高廉によって捕らえられたからである。清州攻撃も、清州知府・慕容が、宋江見知りの白虎山の孔明を捉え、さらに、本格的な山賊征伐に乗り出したためである。対抗して、「清州三山」を組織した魯智深らの請いを容れて梁山泊が合流し攻め寄せる。華州攻撃も、梁山泊入りを果たした魯智深が少華山の史進の勧誘に出向き、二人して捕縛されたことがきっかけをなす。続く曾頭市攻撃は、その陣中で首領・晁蓋が戦死し、宋江がやがて首領となるという意味で重要な戦いだが、事の端緒が、馬泥棒の段景住が、梁山泊入りの手土産にしようとした馬を、かねて宋江らを侮っている曾頭市の強者たちに横取りされた事に発することも、右に準ずる。そして、最後の北京攻めは、本文に記すごとく盧俊義救出の大作戦となる。

こうした点に、すべての戦いが朝命による作品後半部との相違がある。

(6) 序文にふれた『めさまし草』の合評も、百二十回本に基づいている。この議論では、『水滸伝』当時の中国社会の実情をめぐる思軒の社会学的分析が傑出しているが(とくに討伐官兵自体の半盗賊的性格)、槐南の読解にも、同じ出発点から宋江らとは道を違えた二者として、王進を「正面の影子」、悪辣非道の反逆者・王慶を「反面の影子」とみなす箇所など、示唆的なくだりが散見する。鷗外は、作品論としては、比較的小さな指摘(「花石綱」と「生辰綱」の扱い方)にとどまっている。

(7) やがてこの原理的な困難に気づきはじめた作家たちのうち、たとえば、スタンダールやトルストイは、それぞれ一人物(「ファブリス」「ピエール男爵」)の視界を選び、その混乱や驚愕を介して、「ワーテルロー」や「ボロジノ」といった歴史的「大戦」を見事に描きだすことになる。さらに、クロード・シモンは越境系「移人称」の話者「わたし」(小著『小説技術論』参照)を通して、『フランドルへの道』(一九六〇年)なる無類の敗戦潰走小説を描くことになるだろう。そのようにして、小説はそこでもまた、書くことにともなう原理的な暗礁そのものを創造の糧となす道をあゆんでみせるわけだが……それはしかし、『水滸伝』からはるか後年の話である。

ちなみに、『八犬伝』犬坂毛野の「鈴茂林」の仇討場面に長々と筆を費す馬琴は、同時異景描写の不利について、『水滸伝』の話者挿評を真似ながら、しかし例のごとくかなり居丈高に開き直っている。誰がやっても「恁《かう》」なるよりないものを、そうなってはいけないとなぜ難ずるのか、と。

看官《みるひと》熟《つら〱》思ひねかし。この日、毛野・荘介・小文吾們《ら》が、敵と三処の挑戦《たゝかひ》は、皆是《これ》同時の事にして、長譚談語の上にもあらず、各々其首《そこ》に刃を交へて、勝者《かつもの》は捷《かち》、負者は輪《まけ》、奔者《はしるもの》は走り、逐者《おふもの》は趕《おひ》しのみ。都《すべ》て小霎時《しばし》の事なれども、是を文に綴るときは、形容あり、語勢あり、すべて三方四方を一緒に合して、写し得べきにあらざれば、思ふにも似ず長くなれるを、恁《かう》はあらじといふもあらんか。

（『八犬伝』九十二回）

（8）「寧可朝廷負我、我忠心不負朝廷」（一部、駒田信二の訳文を変更した）。

なお、宋江のこの紋切型とほぼ正反対の捨て台詞を、『三国志演義』の曹操が初登場時（四回）に口にしている。「たといじぶんは天下の人の義にそむくとも、天下の人をじぶんにそむかせることはしないのだ」（「寧教我負天下人、休教天下人負我」／訳文、小川環樹・金田純一郎）というのが、それである。――一計に敗れ洛陽からの逃亡中、かくまってくれた父親の義兄弟（呂伯奢）の家族を、猜疑心にかられた誤解から皆殺にして道を急ぐ曹操は、次いで、その間、使いに出ていて戻ってくる当の恩人と出くわすやいなや（後難を恐れ）その場で殺してしまう。彼の酷薄無慈悲なふるまいを咎めて、連れの県令・陳宮が、はじめの殺人は万やむなしとしても、いまのは「道にはずれたことではないか」と口にする。右は、その問への曹操の即答である。「陳宮默然」と結ばれるこの一段に、ライバル劉備の仁性との差を印象づける作者の配慮は容易にうかがわれるが、その作者が、一般には羅貫中と目されている点は、興味深い。

付けて、曹操とは対蹠的な宋江に親炙しながらも、徹底的に無頼な魯智深や李逵は、盧俊義の梁山泊入りにさいして、次のような言葉を口にしている。例によってへりくだる宋江に、無頼系の大物たちが業を煮やす場面である。


（…）と、李逵が叫んだ。

「兄貴がもしほかのものを山塞の主にしたら、おいらはあばれだしますぜ」

武松も
「兄貴はやたらに譲る譲るというが、それじゃおれたちはさっぱりおもしろくない」

宋江は大声でどなりつけた。

「おまえたちにはわからんのだ。余計なことをいうな」

盧俊義はあわてていった。

「そんなにおすすめくださいますと、わたくしは身のおきどころもございません」

すると李逵が大声で、

「そんなことといってないで、兄貴が皇帝になって、盧員外どのを宰相にし、おれたちをみんな大官にして、東京へ斬りこんで行って天子の位を奪い取ってやればいいじゃないか。そうすりゃこんなところでごたごたいってるよりもよっぽどましだ」

宋江は大いに怒って李逵を叱りつけた。

（「百二十回本」六十七回）


なおこの一節は、一部の過激な台詞（傍点部）を除くだけで、珍しく聖嘆による全面削除を免れている（「七十回本」六十六回）。

第二章　作品は誰のものか？

「解剖学」と「愛」

日付には一八五三年九月七日とあるから、難渋のうちにもいよいよ確かなものとなる手応えとともに、「農業共進会」の場面を書き進めている時期のこと。愛人ルイーズ・コレにむけた夥しい手紙の一通に、ギュスターヴ・フローベールは、次のような言葉を書き込んでいる。三年半のちに『ボヴァリー夫人』の作家となる人物の記す鮮やかな「文芸批評家宣言」である。

これから二、三年の間、フランスの古典作家をすべて注意深く読み直し、註をつけてみるつもりです。この仕事は『序文』（知っての通り、ぼくの文芸批評作品です）を書くのに役立つでしょう。（…）文芸批評が何故、歴史や科学の批評に比べてこんなに遅れているのかを明らかにしてやるつもりです。すなわち、その理由は土台がないからなのです。彼ら全員に理解が欠けているのは、文体の解剖学、すなわち、いかにして一つの文章が前の部分から繋がり出てきているか、そこに繋がらなければならないのは何故なのかというような事です。今の研究は、人体模型をなぞって、すなわち解釈論をなぞって、教授連、つまり自分の教えている学問の道具の使い方、つまり筆の使い方も知らない馬鹿者共に倣ってやっているに過ぎませんし、第一、生命が欠けています！　愛が！　愛、教えられて分るのではないもの、神の秘鑰《ひやく》、魂が欠けているのです。これなくしては何も理解出来やしません。

（『フローベール全集』九巻・傍点訳文）

　残念ながら、その『序文』は書かれずに終わった。だが、この行文はやがて、後世にむかって放たれた予言の煌めきをおびてくる。現に、二十世紀初頭のロシア・フォルマリズムも、戦後のフランス批評も、フローベールのいう「解剖学」的な分析力をそれぞれの目的に添って磨き上げてきたわけだが、日本批評もまた例外ではない。ないどころか、むしろその最良の事例のひとつとして、われわれはたとえば、蓮實重彥の数々の批評作品をもっている。
『ボヴァリー夫人』のシャルルが愛妻エンマの葬儀にあたり、「三重」の棺に固執するのはなぜか？　夏目漱石の主人公たちは、なぜ横たわってばかりいるのか？　志賀直哉『暗夜行路』の主人公が、娼婦の乳房を揺すぶりながら「豊年だ！　豊年だ！」と喜悦するのはなぜか、等々……そうした細部を読み捌いて、蓮實重彥はいくつもの小説作品に思いもよらぬ照明をあててみせるわけだが、同じ「解剖」力が、映画にむけても発揮されることは誰もが知るとおりであり、その近作にも、果然また、次のような言葉が読まれることになるだろう。

映画を論じるにあたって重要なのは、あるシークェンスを語ろうとするとき、それを構成しているあらゆるショットが、それに先立つ、あるいはそれよりもあとに姿を見せるしかるべき視覚的な要素との間に、必然的かつ想定外の饗応関係を成立せしめているか否かを見極めることにある。
（『ジョン・フォード論』二〇二二年）

この「必然的かつ想定外の饗応関係」が、映画と小説にかかわる批評の重要な論述対象となることは、蓮實重彥の読者にはあえて断るまでもあるまい。わたしもまた、その読者のひとりである。と同時に、同じ批評系譜に連ならんとする者である。このことは、他書の参覧を請うまでもなく、本書前章においてすでに明らかだとおもうが、同じ「解剖学」に心して連なろうとするたびに、強弱の差こそあれ、わたしはそのつど、フローベールの「文芸批評家宣言」に刻まれてある無二の難問を意識せざるをえぬことになる。

なにしろそこでは、「解剖学」的な分析だけでなく、同時に「神の秘鑰」としての「愛」が要求されているのだ。すなわち、愛にあふれた解剖医の鋭利なメスさばき⁉……しかし、解剖にあっては、治療部位における諸距離の冷静な測定が不可欠である一方、距離感そのものの不意の失調と豊かな混乱こそ、人が愛と呼ぶものの本質ではないか。この難問にどう対処するか？

その対処法が、わたしにとっては容易ならざる課題として付きまとい、また、年を追って衰亡の観を呈する本邦文芸批評界にあって、蓮實重彥の文章を読むさいのもっともスリリングなポイントともなるのだが……この点、はからずも同じ『ジョン・フォード論』に、きわめて興味深い一節が書き記されている。

ＤＶＤはおろか、まだＶＨＤテープも出現せぬ時期から、驚嘆すべき記憶力を駆使して映画を論じてきた当人によれば、彼にはしかし、ときおり「映画の細部にまつわる記憶を捏造してしまうという悪癖が備わっているとしか思えない」瞬間が訪れるという。その「悪癖」の一例として指呼されるのは、フォードの戦後作品『馬上の二人』のラストシーン。駅馬車のなかで手鏡を取り出すメキシコ女性役（リンダ・クリスタル）をみた一瞬、批評家は、同じ監督の戦前作『駅馬車』における身重の将校夫人（ルイーズ・プラット）の同じ仕草を、確かな記憶、「到底忘れることなど出来ない鮮明なショット」として思い出すのだが、後に、複数の異なるDVDで何度みなおしても、そんな「ショット」は『駅馬車』には存在しない。その記憶はどうやら、『アパッチ砦』の謹厳な司令官（ヘンリー・フォンダ）の娘役（シャーリー・テンプル）の仕草との「混同」であったことをみずから認めながら、「だが」と、一方の集大成として『ボヴァリー夫人』を論じつくし、いままた、最愛の映画作家に記念碑的な筆をむける批評家は、次のように居直ってみせるのだ。さながら、当の『アパッチ砦』で、自らの誤りを途方もない矜持のうちに引き受けながら、敵の迫り寄せる前方を凛として見据えるヘンリー・フォンダのごとく。

だが、はたしてそれは、捏造された「悪しき記憶」でしかないのだろうか。わたくし自身が、無意識の領域で、それを生娘のシャーリー・テンプルよりも人妻のルイーズ・プラットの方に遙かにふさわしい身振りだと信じてしまっていたとするなら、そうせよと使嗾《しそう》しているのがフォード自身の無意識ではないと、誰が断言しうるというのか。

ちなみに、蓮實重彥の並外れた「動体視力」がもたらす「驚きの体験」を語る行き届いた書評の末尾で、故・山根貞男もまたこのエピソードに触れていた。触れながら、映画批評の長年の盟友は、ジョン・フォードにたいする著者の「敬愛の念の深さ」に感嘆し驚き、ついでに、微笑ましく呆れてみせるのだが（「驚きは伝染する」・『新潮』二〇二二年十月号）、右一節に出会ったおり、わたしはふと、別の思いに強くとらわれてしまった。ではかりに、この蓮實重彥自身が、一進してさらに、その「記憶」どおりに『駅馬車』を撮り直したらどうなるのだろう⁉

荒唐無稽な仮定である。それは百も承知のうえで、あるいは、承知なればこそかえって生々しく、そんな仮想に進んでとらわれたのは、ほかでもない。ほぼ同様の「敬愛の念の深さ」ゆえに、『水滸伝』にたいして金聖嘆がやってみせたのは、実際、その撮り直しにも似た書き直しなのである。のみならず、あろうことか彼はしかも、先行テクストの後半部を丸ごと削除（「腰斬」）し、みずから仕立直したこの施耐庵著『水滸伝』七十回本こそが真のテクスト（「古本」）で、現行の百回本百二十回本（「俗本」）は、別の書き手（羅貫中）が無様な文章を増補した「悪札」にすぎぬとまでいってのける。確かに、百二十回本の訓訳者・幸田露伴が、口をきわめて非難する暴挙ではある（「欺罔横暴、何とも云ひやうの無い不埒な奴である」）。だが、その「不埒」者は一方ではまた、歴とした「解剖学」徒でもあるのだ。だからこそ、本書前章は、彼の着眼点の一部を踏襲することができたわけだが、たとえば次のような文章が、フローベールの二百年以上も前に書かれてある。その事実は特筆にあたいしよう。

（『西廂記』という）一部の書に、これほど延々と、かつ洋々とした無限の文章があるのだから、これほど延々と洋々としているのは、どのような文章か、それがどこから起こって、どの結末へと向うのか、どのように直行し、どのように曲折し、どのように開放され、どのように凝固するのか、どこで表現の上に現れ、どこで表現の裏を通り、どこで緩慢になり、どこで飛躍するかに目をつける必要がある。

（「読第六才子書《西廂記》法」一六五六年〔以下『西廂記』「読法」〕・『全集』三‐一〇頁）

右は、明の滅亡期に上梓した『水滸伝』七十回本（一六四一年）の成功に棹さした者が、征服王朝・清の暴圧を横目に、元雑劇の傑作、王実甫の『西廂記』を扱った注釈本（後述）の序文に読まれる一節である（訳文は前田直彬『中国小説史考』一九七五年による）。映画と小説と戯曲。それぞれの差をしばらく不問に付して記すなら、われわれはつまり、フローベールを挟んで、『ジョン・フォード論』の著者と『水滸伝』七十回本の編纂者とのあいだの「想定外の饗応関係」を目の当たりにしかけているわけだが、その関係がどこまで深く、またどの程度「必然的」なものであるかを測ることが、ここでの主意ではない。この場で改めて検討を加えてみたいのは、金聖嘆の批評における「解剖学」と「愛」のかたちである。

明末清初のシクロフスキー

ところで、ここにいう「批評」とは、むろん古典中国的な原義にしたがっている。何事かの「危機」や「臨界」の異称として生起する「批評《クリティック》」といった西洋思想的な含意とは遠く、それはたとえば、次のように、字義どおり「解剖」的なふるまいの謂となる。

智深走到鐵匠鋪門前看時、見三個人打鐵。智深便問道：「兀那待詔、有好鋼鐵麼？」那打鐵的看見従打鉄人眼中現出魯智深做和尚後形状、奇絶之筆。魯智深腮邊新剃暴長短鬚、戧戧地好慘瀨人、一冬不剃、真有此状。先有五分怕他。那待詔住了手道：「師父請坐！ 要打其麼生活？」

（『全集』一 - 九二頁／圏点は他本より補った）

智深が、鍛冶屋の店先まできて見てみると、三人の男が鉄を打っていた。智深は、

「おい親方、鋼のいいやつはあるか」

その鍛冶屋は魯智深のあごの剃りあとに、短い無精髭ひげが針のように生えているのを見、身の毛のよだつ思いがして、半ばはおそろしかったのであるが、手を休めていった。

「和尚さん、お掛けくださいまし。なにを打てとおしゃいますか」

（佐藤一郎訳七十回本『水滸伝』三回）

右は、小著『日本小説批評の起源』の「序文」にも掲げた『水滸伝』の一場面（大文字）と、そこに施された金聖嘆の注釈（小文字）のほんの一例である。義侠心から町の顔役を殴り殺し、五台山文殊院で出家したものの、酒でしくじり三、四ヶ月ほどは身を慎んでいた魯智深（魯達）が、春の陽気と鉄鎚の音にさそわれ麓の町へ下りてくるこの箇所で、注釈者が着目しているのは、魯智深の「形状」を、鍛冶屋の目を通して読者に伝える間接技法の「奇絶」さであり、また、「一冬」の山寺ごもりの殺伐とした無聊をしのばせる「あごの剃りあと」の妙であるが、このとき、古典中国では古くより、右のような圏点が「批」と呼ばれ、書き入れられた小文字部分が「評」と呼ばれている事実をあらかじめ銘記しておきたい。

その「批」「評」。——すなわち、作品を形成する言葉の連なりのなかで、注目にあたいする箇所をたえず具体的に指さし、字義どおり腑分けし、たんなる語釈に留まらず、その語句や行文の意義を説く。そうした伝統的な「注釈」（漢名「評点」）の即物的な身振りを、金聖嘆は李卓吾（第三章参照）のひそみに倣って、『荘子』『離騒』『史記』『杜詩』の古典的「才子書」と同等の位置に据えた白話小説「第五才子書水滸伝」に適用する。

専門家たちはしばしば、右のごとき割注を「夾批」、ページの上部余白に書き入れられた言葉を「眉批」、各回冒頭に記された章回評を「総批」「総評」と呼び、これらをまとめて「金批」と称しているが、その「金批」総文字数は、対象たる『水滸伝』本文七十回分に匹敵する。その分量のもとに、評点家は思うさま――ほとんどショットごとのオーディオ・コメンタリーのごとき頻度で――本文を分解しては、注釈し、敷衍し、変奏し、拡張し、その総体を一個の文学論として呈示する。そのようにして、その批点評語（評点）をフローベールのいう「解剖学」の域にまでつとに到らしめ、時あって、さらに余りあるものたらしめていたこと。

もちろん、本文の前に置かれた『水滸伝』「読法」（付章参照）と同様、「金批」のすべてが素晴らしいわけではない。思いきり贔屓目にみても一対九ほどの玉石混淆だろうが、近代日本文学史上、もっとも早く金聖嘆の「批評」の価値を認めた正岡子規の卓論もいうように、金批（とりわけ夾批）は、祭りの掛け声よろしく本文を「無闇矢鱈に」ほめてばかりいるが、なかに、「非常に気の利いて居るのがある」のだ（「水滸伝と八犬伝」）。その金批もふくめ、今日の文芸批評においても立派に通用する幾筋ものメス捌きのうち、いまは上述に添ってポイントを絞っておくが、前章にふれた「読法十五則」中の「正犯法」「略犯法」の指摘が、一事に連なることはすでにいうまでもあるまい。

林冲と出会い、王倫を頭とする旧梁山泊に誘われながらも、官途（「生辰綱」）に望みを託してまたしくじった楊志は、なぜ、家宝の「刀」を売ろうとするのか？　「景陽岡」で虎を殴り殺し、「紫石街」で姦婦・姦漢を処断し、「鴛鴦楼」では手当たり次第に報復の血刀を振りまわして「十字坡」の人肉酒店にいたった武松はなぜ、農民でも、人足でもなく、「行者」に身を替え、二龍山を目指すのか？

そうした問いにたいする解答として――『水滸伝』の組成形式のひとつを対偶化の原理に求めるかたちで――見出され名づけられた「正犯法」「略犯法」は、この評点家が、数々の挿話や細部が示す相互的な依存関係に鋭敏であったことをよく証しているはずだ。同じ「文法十五則」に掲げられてある「横雲断山法」も、聖嘆批評における「玉」に類する。

たとえば、「白龍廟の小聚義」（三十九回・章回数は七十回本準拠／以下、本章においては注記なきは同）をなした梁山泊一統は、前章に言及したとおり、略奪集団戦の手始めに、本拠地に近い独龍岡の祝家荘を三度にわたり攻撃するのだが、屈強な抵抗にあって一度ならず二度も押し返される（四十六、七回）。策を練り直して三度目に臨まんという連続的な話線を唐突に中断する作品は、「三たび祝家荘を打つ」（四十九回）その直前に、一種の同時異景場面として、遠く山東海沿いの登州の猟師兄弟（解宝・解珍）の挿話を書き入れる（四十八回）。この中断法が「横雲断山法」と名づけられている。流れてきた横雲にいっとき隠れてまたあらわれると、眺めていた山容が改めていっそうくっきり目にしみるといったところか。実際、『水滸伝』「読法」には、この「文法」の意義が、ひと続きの出来事が長すぎて作品に弛緩（「累墜」）が生じないよう、途中に別事を挿入することと説明されているが、本文金批では、同じ中断技法のより積極的な価値として、サスペンスの効果が随所に指摘されている。流刑先（滄州）に広大な土地と不逮捕特権をもつ前王朝の子孫・柴進の屋敷で、屋敷にいた武芸師範と新来の流刑囚・林冲とが試合をするくだりで、その前に「まあ、酒でも飲んで」と間を入れる呼吸がそれにあたり、聖嘆はそこで、この間《ま》（「一頓」）が読者を焦らす（「癢」）効果を指摘している（「此一頓已是令人心癢之極」八回総批・『全集』一－一五三頁）。同じく、宋江・戴宗の江州での処刑場面に、斬首を待ちわびる群衆の目を通して「罪状札」の数行を挿入引用する呼吸には、「写急事、須用緩筆」と注される（三十九回）。上記した「鍛冶屋」の場面の発端にまつわる金批も翻って同断であり、「話戻って魯智深は、酔って暴れたこの騒動以来、三、四ヶ月の間ずっと寺の門から出ることはようせずにおりました」という新場面導入句に「批」を入れる聖嘆は、そこへ次のような「評」を添えているのだ。

この句は魯達が改心したことを描いているのではなく、やはり後の酔って暴れるくだりを遅らせて、立て続けにならないようにしているのだ。

（小松謙『詳注全訳水滸伝』〔以下『詳注』〕一・二〇八頁）

かかる着眼点が、はるか後年、二十世紀初頭のロシア・フォルマリストたちの視界と、そのまま重なってくる点を銘記すればよい。

たとえば、スターンの『トリストラム・シャンディ』（一六六〇―六七年）における「ポーズ」の意義を説くシクロフスキーは、「形式の破壊による形式の自覚が小説の内容をも作りだしている」とみなす当該作の特徴を念入りに検討するのだが、その文章の末尾で、ロシア近代文学の始祖・プーシキンの韻文小説『オネーギン』（一八二三―三一年）に触れ、この作品の眼目は、首府の社交生活に倦んだ青年貴族と地方地主の娘とのたんなるロマンスではなく、その本筋を遮って挿入される「脱線」それ自体のテクスチュアルな効果にあると説く（「パロディの長編小説」一九二一年・水野忠夫訳『散文の理論』所収）。先駆者のこの卓論と踵を接して、同作家の散文小説集『故ベールキンの物語』（一八三〇年）を分析するエイゼンバウムは、所収短編『一発』について、同じ相手にむけて放たれた銃弾の「一発目」と「二発目」のあいだに講じられる中断と遅延の効果を強調しながら、その技法を「減速遅滞作用《トルモジェーニエ》」と名づけている（「プーシキンの創作方法《ポエチカ》の諸問題」一九二一年）。

作品を「形式」と「内容」との相関関係として捉え、しばしば、後者を前者のための「動機づけ」と見做しながら、その関係が「読者」に及ぼす効果（「サスペンス」「異化」、等）を問うこと。そこに、ロシア・フォルマリズムにおける小説分析の基本姿勢が存することは、改めて断るにもおよぶまいが、戦後、その批評視界を批判的に継承あるいは紹介するかたちで、たとえばジェラール・ジュネットは、「初期のシクロフスキーの流儀に倣って」、プルーストにおいては、「「無意識的想起」の方こそ隠喩に奉仕しているのであり」、その逆ではないと書き、「主人公が二度にわたってサナトリウムに滞在するのは、語り手に、二つの美しい省略法を準備してやるためなのである」と記す（七二年／花輪光・和泉涼訳『物語のディスクール』）。フレデリック・ジェームソンもまた、シクロフスキーの『ドン・キホーテ』論の指摘する主役機能をみずから変奏しながら、「同じように、ハムレットの狂気は、シェイクスピアのプロットのさまざまな小片を、いくつもの異質な原典から集めて、表層の統一体と見えるものにまとめあげるための技術的方法なのだ。だから、内容のように見えるものもじつは動機づけなのである」と記すことにもなるだろう（七二年／川口喬一訳『言語の牢獄』）。

魯智深の一冬の謹慎生活も、つまりは同様の「技術的方法」なのだ。金聖嘆はつとにそう注していたと再言することができるはずだが、この魯智深に先だつ史進故事の一齣（二回）についても同断である。兎取りの李吉に密告され三、四百人に囲まれた史進と少華山の三人の山賊は合力して暴れまくる。史進が密告者を斬り殺し、山賊たちが、たまらず逃げ出そうとする二人の追捕使（都頭）も始末するくだりを、聖嘆はこう評している。

ここで李吉を殺すが、二人の都頭は殺さなくてもよい。ただ殺さなければ追いかけてくるはずで、手間が掛るから、殺してしまって描写をすっきりさせた方がいいのである。

（『詳注』一 - 一三五頁）

「令文字乾浄」（文字をして乾浄たらしむる）。――ここでもまた、叙述「形式」の「乾浄」化のために「内容」（都頭殺害）が奉仕するさまが指摘されてあるわけだが、このとき、七十回本に先行する「容与堂」百回本の当該箇所には、ひとこと、「不是」（良くない）とのみ記されてあることも（同右参照）、付言して無駄ではあるまい。山賊らの無益の殺生をそう咎めているのは、陽明学左派の雄としてジャン＝ジャック・ルソー的な「童心」を説くかたわら、聖嘆に先んじて白話小説『水滸伝』の価値を顕揚し、かつ、評点を施した李卓吾だとみなされている。「腐（インテリくさい）」「不済（役立たず）」「無謂（くだらない）」「画」「妙」「理もなければ趣もない言い方」。そうした夾批・眉批の寸言と、数行の回末評からなる「容与堂本」評点の関心が、主に出来事や作中人物の評価といった「内容」面に傾けられるのにたいし、量的には数百倍に達する金批中の「玉」の多くが叙述「形式」にむかうという興味深い対照性は、小松謙の右労作（全十三巻・現在五巻まで刊行）の随所にみられるのだが、この点は次章にゆずり、この場にはもう一例、「非常に気の利いて居る」金批を引いておくことにする。同じ漢字文化圏の文芸批評家として、一瞬度肝を抜かれた指摘である。

作中に最初の好漢として登場する華州史家村の青年豪傑・史進は、都を逃れて身を寄せた王進に師事し、半年で武芸十八般を極めたのち、家を去った師の跡を追う紆余曲折の旅途、渭州で魯智深と知り合い、一席の歓を尽くして別れる（二回）。その後、事あって追い剥ぎと変じている史進は、二度の狼藉で五台山を追われいまは相国寺を目指している魯智深と偶然再会し、彼に助太刀して、瓦官寺の悪僧らを成敗することになる（五回）。その場面で、史進は魯智深に追い立てられた悪漢の前に立ちはだかり「大喝一声」、二人とも逃げるなと叫んで「帽子を跳ね上げ」朴刀をかまえるのだが、くだりに注して、史進はここでなぜ、そのフェルト製の目深帽（「氈笠」）を脱ぎ捨てるのか、と、そう問いかけながら、注釈者は十数行前の次のような再会場面への注意を促している。


「おのれ、目にものを見せてやる」

と智深がいって、禅杖を振りまわしてかかってゆくと、その男は朴刀をかまえて応じたが、斬りこもうとして、ふとこの和尚の声に聞きおぼえがあることに気がついた。

「おい和尚。お前の声に聞きおぼえがあるが、姓はなんという」

「わしと三百合も渡りあってから、教えてやろう」

男は腹を立てて、手にした朴刀をあやつって禅杖を受けるのだった。


（佐藤一郎訳『水滸伝』五回）

互いに二十合も剣戟を交えてのち、「男」はまた「声」を便りにやっと相手の正体に気づくのだが、「その男」（史進）が、僧形と変じている相手をすぐに見分けられなかったのは当然としても、魯智深の反応のほうは不自然ではないか、と金批は問う。言われてみればその通りだ。史進の容貌について、作品はどんな変化も書き入れてはいないのだから、魯智深は「その男」が誰なのかすぐに分かったろうに。

（…）読者はこの点をかなり疑問に思うのだが、実は作者は胸中ひそかに氈笠が大郎（＊史進）を覆っているという設定を抱いており、前の文中ではわざと言わずにおいて、ここまで来たところではじめてさりげなく「帽子を跳ね上げる」という一句を置くとは知るよしもないのである。（『詳注』一‐二九〇頁）

もちろん、深読みである。そんなことを「かなり疑問に思う」ような読者を想定してかかること自体がまた、別種の深読みに類する。が、一語にどれほど否定的な意味が込められようとも、この深さ自体は並ではない。

同様に深い批評眼は、つとにまた、史進と知りあい杯を交わす魯智深が、酒場の隣室ですすり泣く娘の口から、土地の顔役の横暴を聞き、その肉屋を殴り殺すくだり（二回）において、酒場の名が「潘家酒楼」、娘の姓が「金」、名が「翠蓮」である点を見逃さない。聖嘆はこの「潘」「金」「蓮」がやがて、『水滸伝』中もっとも印象的な女性名として「後の武松伝で突然一つになることに」いくぶんかデリダ的な注意を促してみせるのだが（同右一五二頁）、彼はそこで、これもまた作者が「胸中ひそかに」按ずるところなのだと、そう評することができただろう。

その作者の「胸中」を自分だけが触知できる。強烈な自負と、自負を裏切らぬ確かに深く鋭い目敏さとともに、聖嘆は分析の「玉」を重ねて行くのだが、話はしかし、ここでとどまらない。勢いの赴くまま、この評点家は、シクロスキーにもジュネットにも、むろん蓮實重彥にも固く禁じられてある一線をやすやすと越えてみせるのだ。

作品自体に介入し、本文を修正しさらには捏造する仕草が、それである。

「妙文」是「天下之宝」

本文介入の最たるものは、むろん作品後半部の「腰斬」（および、最終七十回全面改変）である。容貌・衣装・風景・戦闘などの紋切型描写を担う詩詞・美文の全面削除がこれに次ぐわけだが、七十回本の編纂者はさらに、残された本文にたいしても、夥しい措置を施している。ありようは、右の小松謙の別著『水滸伝と金瓶梅の研究』（二〇二〇年）に掲げられてあり、その精査表によれば、「改変」七〇〇、「挿入」一六五、「削除」三一六、総計一一八一箇所に及ぶが、[1] 同書および他書（中鉢雅量『中国小説研究』、他）に私見を交えて整理すれば、介入ポイントは、およそ次の四点に求められようか。

（1）一般的な意味での添削
（2）自説にあわせた変更・加筆
（3）作中人物の造型操作
（4）『水滸伝』にはらまれた叛乱思想の矯正または削除

（1）にかんして専門家たちは異口同音に、『水滸伝』における話芸由来の口語を、より良い書き言葉にむけて洗練する確かな奏功を指摘している。議論が多いのは、他の三点にみる削除や改竄ぶりで、（2）では、「文法十五則」中に「倒挿法」「夾叙法」の具体例として掲げられた挿話や場面の一部が聖嘆による創作である点などが、そのあからさまな典型となろう。（3）の介入は、主として宋江を偽善的な悪人に仕立てる方向に発揮され、魯智深や李逵などをより明朗闊達にする操作がこれに準ずる。（4）は、李逵の不穏な発言の削除（第一章注8参照）などに顕著となる。いずれのポイントも、『水滸伝』と金聖嘆の双方を考えるうえで興味深い問題をはらんでいるのだが、これらの検討は後述および後章にゆずり、この場では、原文へのかかる大幅な介入の依って来たるところに着目しておかねばならない。

そもそも、なぜ、こんなことが可能になったのか？

「傑作」（妙文）は天下のものであって、作者の独占物ではないからだという観点が、その大前提となる。本章冒頭先に引いた『西廂記』「読法」がそう明言している。

七五、総之世間妙文、原是天下万世人人心裏公共之宝、決不是此一人自己文集
七六、若世間又有不妙之文、此則非天下万世人人心裏万之所曾有也、便可聴其為一人自己文集也。

（『全集』三 - 一九、二〇頁）

『水滸伝』「読法」にならって掲げられた八十一則におよぶ「読法」中の二則だが、元代雑劇中、異例の長さ（通常の五倍）とともに封建礼教下の自由恋愛の顚末を描きかつ歌う白話歌劇の内容について、深くは問わずにおく。長く「淫書」と貶められた戯曲を六番目の「才子書」に列する批評家は、そこでもまた、終盤にあたる五分の一をまるごと「腰斬」し、引き離されていた「才子佳人」の「大団円」を「夢」のなかに吊り、出来事のむしろ悲劇色を──原典である唐代の名短編『鶯鶯伝』（元稹）の面影を映すかのように──きわだててみせるのだが、そこにいたるまでに講じられた改変の詳細についても、しばらく措く。要は、右の二則に「傑作は天下万世の人々の心中の公共の宝であり作者一人のものではない。逆に駄作は天下万世の人々の心のなかにもとからあったものではないので個人の作品としてもよい」（訳文・小松建男）[2]とまとめられる独特の作品観にある。
傑作は天下のもの、駄作は作者のもの⁉　その事由にあたるのか、天下の「妙文」を

めぐる左のような二則が、右の直前に並べ立てられている（訳文・前野直彬前掲書）。

七三、『西廂記』は姓が王、字《あざな》が実父《ママ》という、この一人の人物が創造したものではない。自分で平心に、気を落ちつけて読みさえすれば、まさしく自分が創造したものなのだ。その一字一句を見れば、すべて自分の心の中で、まさにこのように書きたいと思ったとき、『西廂記』はそのとおりに書いてある。

七十四、思えば、姓が王、字《あざな》が実父《ママ》という、この一人の人物も、『西廂記』が創造できたはずはない。彼もただ平心に、気を落ちつけて、天下の人の心の中から盗み取ったのだ。

傑作は天下万人の「心」に発する「公共之宝」であるがゆえに、気を落ちつけて（「平心剣気」）接すれば、すなわち自分のものでもある。である以上、その自分がより良いとおもう形に設え「公共」に投じ直してこそ幸いでなければならぬ。そして、この道筋もまた自分だけが知っている。

この多分に神がかった物言いに、『水滸伝』七十回本完成前後から『西廂記』にいたる数年間に本格的に沈湎したとされる儒教（ことに『易経』）や仏教（ことに禅学）の影響が作用していることは否めない。なにしろ、『西廂記』の本質は「無」だという断定のもと、犬の「仏性」をめぐる趙州禅師の「公案」が取り沙汰されてもいる「読法」なのだ（三二則─四三則）。不案内の領分についての確言は控えるが、幸田露伴が「魔に憑かれた」と呆れるこの信憑、「入神の域」や「神助」といった形容が、比喩ではなく直叙すれすれの響きをおびる文言が、次のような所見に由来することは確かだろう。

施耐庵が自分の一心のはたらきによって、一百八人の豪傑をそれぞれ絶妙に描けたのは、ほかでもない、十年間の「格物」の努力により、一朝にして「物が格《いた》った」。そうなれば一人の筆で百万千万人を描いても、もちろんむずかしいことはないのである。格物にも方法があることは、君も知っていよう。格物の方法は、「忠恕」を入口とする。

（『水滸伝』「読法」序三）

右文の訳者・前野直彬（『中国小説史考』）にしたがうなら、「忠恕」とは、いっさいの偏見を捨て事物の本質を洞察する態度をさし、その態度による冷静な観察が「格物」と呼ばれる。「格物」を経たうえで筆を執るならば、「表現はおのずからにして対象の必然の相に到達する事ができる」。つまり「物が格《いた》る」のだというわけだが、別途、同じくだりを敷衍する田中智行（「『金瓶梅』張竹坡批評の態度」二〇一三年一月）は、「格物」の一語[3]のうちに、観察力ではなく同化能力を強調している。

「忠」とは「あらゆる事物に備わった本然的性質」、「恕」とは（「火」も「鐘」も「目」も「耳」、「人も盗賊も犬や鼠ですら」みな「忠」となるごとき）その普遍性を認識すること。すべての現象が「因縁」に規定されて（「因縁生法」）いる以上、「ことさらに学ぶ必要」もないその認識をもとに「物」に「格《いた》る」。「すなわち、事物現象を規定する「因縁」に自他が共に従っており、ゆえに自他がおのずと共通要素を持っていて交換可能であること（「忠恕」）を知り、自身を起点に他者をいわば共鳴的に理解するというのが金聖歎の所謂「格物」である」。それが田中の所見だが、われわれの文脈にとっては、こちらのほうがより重宝で、かつ、はるかに厄介なものである。

重宝だというのは、聖嘆の「忠恕」→「格物」の道筋は、如上あきらかに、冷静な観察力ではなく、ほとんど神がかった共鳴＝交感的な同化能力の所産であるからだが、作者と「天下の人」とを結ぶ一種秘教的なこの共鳴＝交感性は、とうぜん、作者と作中人物との関係にも転移される。ひとたび気を入れたからには、施耐庵はすでにその「淫婦」であり「盗人」であり、現実と作品とのあいだに「区別」はないというのが、聖嘆本五十五回の回評に記された評者の言である（訳文・田中前掲論文）。

自ら心を動かして淫婦となり盗人となったなら、心を動かしたからには彼らと同化しているのであるから、筆墨を揮うことがすなわち（淫婦が）男を引き入れて浮気をし、（盗人が）軒を飛びわたり壁を伝うことにならないという区別が、どうしてつくだろうか。

聖嘆がそう断ずるとき、厄介なことに、われわれは――『西廂記』「読法」における先述の禅問答めいた内容のごとく――ひどく意表を衝かれることになる。この交感＝共鳴的な同化志向においては、技術の問題がきれいに消失しているからだ。なにしろ、すべてが「因縁」にしたがっている以上、「忠」なるものは「必ずしも学ぶ必要がない」ものとされているのだ（「天下因縁生法、故忠不必学而至於忠」・『全集』一‐一〇頁）。そうした「天下自然」のなか、人為の枠である小説技術などが顧慮される余地はない。しかし、

『水滸伝』を熱心に分析し、いくつもの「文法」を指摘して、「才子」ならではの筆墨の技量を説いてきたのも同じ批評家である。

すなわち、ここにはいま、二人の金聖嘆がいるわけだが、これはしかし、にわかに和解しがたい併存である。かりに、すべてが「因縁」に規定されているのなら、小説の組成形式をめぐる分析など、およそ無駄な話になるからだ。朱子学的な「格物」と仏教的な「因縁生法」。この明らかに異質な問題への志向が、金聖嘆当人のうちで、なぜどのように――デヴィッド・ロールストーンも指摘するごとく「何の隔たりもなく」[4]――共存しえているのか？　おそらくは、それがともに過剰な分析であり信憑であるからだ。彼は現に、傍目にはどこか気のふれたごとき情熱で、やみくもに分析し、やみくもに信じようとしている。それが、「傑作」にたいするこの批評家の「愛」のかたちである。別言すれば、分析と信憑とのひとしく過剰な情熱のなかで――まるで批評的「童心」に立ち戻るかのように――金聖嘆は要するに、絶賛するテクストそのものになってしまいたいようなのだ。

かかるとき、この種の「愛」は誤認を厭わない。

というより、意識的であれ無意識であれ、むしろ積極的にそれを必要とすることは、誰もが知るとおりだが……金聖嘆はたとえば、『西廂記』の「文法」のひとつとして、「烘雲托月」なる一語を呈している。現代の用語では「第一場」となる箇所における主役男女（張生・鶯鶯）の登場頻度かかわる比喩で、画家が「月」を描くに、墨で周囲を黒く塗って「雲」となし、白地を「月」となすごとく、出ずっぱりの張生が「雲」で、あまり顔を出さぬ鶯鶯が「月」だというのが命名の由来であるが、彼の絶賛するその男女の登場パターンは、「才子書」ならではの手法などではない。それはたんにジャンルの常套にすぎず、この点、金聖嘆に比較的好意的な碩学からも、「元の雑劇の方式を弁えぬ素人考へである」といった苦言が呈されることになるだろう（『青木正児全集』第一巻五六五頁）。聖嘆はまた、子弟に宛てた教育的言辞として、この本さえ読めれば、他書はすべて「破竹」の勢いで読破できるといい（『水滸伝』「読法」）、現に、その『水滸伝』を見事に読んでみせた実績を背景に、改めて、自分は、雅語（文言）と俗語（白話）の差をこえて、六部の「才子書」（荘子・離騒・史記・杜詩・水滸・西廂）をすべて「同じ視点」（「一副手眼」）で読みとったと断言する（『西廂記』「読法」九）。詩も文も、みな一様に「起承転合」にしたがうからだというのがその理由だが（「詩與文雖是両様体、却是一様法。一様法者、起承転合也」・「魚庭聞貫」『全集』四・四六頁）、この脱ジャンル的な文学観にあって（彼は、雑劇における歌唱部と台詞の差も、唐律詩における押韻の問題もすべて無視している）、傍目には窺い知れぬ神がかった確信でなければ、たんになにか途方もない勘違いが、ある種の無知と連動しているかもしれない。

そうした誤認が、時あってしかし、かえって活き活きと「愛」を募らせること。——以下、この点を、金聖嘆に劣らず『水滸伝』に親炙したもう一人の文芸批評家・曲亭馬琴のもとに眺めながら、本章の表題に据えた問いを復誦しておくことにする。……そもそも、作品とはいったい誰のものなのか？

〈百八／百十〉　あるいは誤認の産出力

先だって少しく私事を挿むことを許していただくが……来たるべき最初の批評本の対象として、泉鏡花のテクストをはじめて集中的に読みはじめた当初、その得体の知れぬ生彩に陶然としながらも、わたしはしばしば、そこに描かれてある事物を正確には把握できなかった。とりわけ、ヒロインたちが身にまとう衣装小間物などについて、その多くが上手く思い浮かべられない。

橋の中央《なかば》に漆の色の新しい、黒塗の艶やかな、吾妻下駄を軽《かろ》く留めて、今は散つた、青柳の絲を其のまゝ、すらりと撫肩に、葉に綿入れた一枚小袖、帯に背負揚《しよひあげ》の紅《くれなひ》は繻珍を彩る花ならむ、しやんと心なしのお太鼓結び。雪の襟足、黒髪と水際立つて、銀の平打の簪《かんざし》に透彫の紋所、撫子の露も垂れさう。後毛《おくれげ》もない結立《ゆいた》ての島田髷、背高く見ゆる衣紋つき、備はつた品の可さ。留南木《とめき》の薫馥郁として、振り溢るゝ縮緬も、緋桃の燃ゆる春ならず、夕焼ながら芙蓉の花片《はなびら》、水に冷《つめた》く映るかと、寂しらしく、独り悄《しを》れて彳《たゝず》んだ、一人の麗人《たをやめ》あり。わざとか、櫛の飾もなく、白き元結一結《ひとむすび》。

（『鏡花全集』六）

『式部小路』（一九〇六年）と題された作品劈頭、主人公「お夏」の描写箇所だが、「繻珍」や「島田髷」はともかく、「葉に綿入れた」というのは、どんな「小袖」か分からない。「吾妻下駄」も「背負揚」も「お太鼓結び」も「銀の平打の簪」も、その形状を知らない。「留南木《とめき》」は香木の一種か？　前世紀初頭の読者たちには、実物を指呼していわば透明な記号たりえたはずの言葉が、不透明な固まりとして、七十年ほど後の若輩の視界をおおうわけだ。すると、どうなるか。辞典や図鑑類にあたってその視界を晴らすよりまえに、不審ながらリズミカルな筆つきを追う者の裡で、たとえば「下駄」の一語が誘発する動作の感触が、「背負」「太鼓」「平打」の動詞性に連結してしまうのだ。「撫肩」「撫子」でさえ不意に加担し、その連結は、「麗人」の不動性に抵触し、誘いかけるとみるやいなや、果然、字面の刺戟にこそ促されたかのように、彼女は、その場で、小さく動きはじめるのだ。

恬《か》くても頭《つむり》重さうに、項《うなじ》を前へ差伸ばすと、駒下駄がそと浮いて、肩を落として片手をのせた、左の袖がなよやかに、はらりと欄干の外へかゝつた。

いまに思えば、このページに出会った一瞬、わたしもまた先の金聖嘆と同様、かなり異数の感慨に捉らわれていたのかもしれない。「その一字一句を見れば、すべて自分の心の中で、まさにこのように書きたいと思ったとき」、この作家は「そのとおりに書いて」いるのだ、と。(5) そうした感触に誘発されたか、たとえば、同じ細密描写のなかに別途(多くは喩法レヴェルに)あらわれる〈草花〉の連結〈「青柳」―「葉」―「花」―「撫子」―「留南木」―「緋桃」―「芙蓉」―「悄れて」〉についても、たんに鏡花特有の

「トリヴィアリズム」といって済ますわけにはゆかなくなる。実際、我身に添えられた〈草花〉の連結自体に促されたかのように、この橋を離れた女性は、次いで、「むらもみぢ」の庭園内にふと足を踏み入れてゆくわけだが、そうした運びに着目した作品分析の詳細については、旧著（『幻影の杼機』一九八三年）の参覧を請うておく。要は、鏡花の右のような細密描写から、逆にすぐさま、しかるべき衣装小間物を身につけた美女を正しく想い描くことが、批評にとってたえず善でありうるか、といった点にある。

同じことを、『水滸伝』を読む馬琴にそくして検分してみると……たとえば、『八犬伝』九輯中に挿入された「稗史七則」（一八三五年）として、「一に主客、二に伏線、三に襯染《しんせん》、四に照応、五に反対、六に省筆」と書き並べられたその「七」に、「隠微」と命名された項目がある。

又隠微は、作者の文外に深意あり。百年《もゝとせ》の後《のち》知員を俟《まち》て、是を悟らしめんとす。水滸伝には隠微多かり。李贄・金瑞等、いへばさらなり、唐山なる文人才子に、水滸伝を弄ぶ者多かれども、評し得て詳《つまびらか》に、隠微を発明せしものなし。

「李贄・金瑞」は李卓吾と金聖嘆を指し、「発明」は発見と同義だが、『八犬伝』の書き手は、作家として『水滸伝』に多大な影響を受けると同時に、後年、「我邦小説家の泰斗たるのみならず、実にまた批評の開祖なり」（饗庭篁村）[6]と称される文芸批評家として、傑出してもいた。たとえば建部綾足の『本朝水滸伝』（一七七三年）を見事に分析し、山東京伝・式亭三馬ら同時代作家にたいする容赦なき「難評」を綴り、また、本邦初の文学史として『近世物之本江戸作者部類』を綴るといった旺盛な批評活動の骨法も、彼はやはり、明清の評点家、とりわけ金聖嘆から多くを学んでいる。

たとえば、散文フィクションを叙述と虚構の相関関係として捉える批評視線。これについては、本書の繰り返し特記するところだが、金聖嘆の驚くべき「解剖」力を自家薬籠中のものとするかたちで、本邦「批評の開祖」もまた、建部綾足作品における、柔弱な「雅言」の叙述と、ほんらい「俗語」になじむ野卑な虚構との齟齬を指摘してみせる（「かゝる物語を作るらんに、雅言もてものせんとしつること、かへすぐすもあやまりなり」・「本朝水滸伝を読む並批評」一八三三年）。同じく、「唐国元明の才子等が作れる稗史」から抽出したという「七則」にかんしても、「伏線」は、同じ一語が本文金批にしばしば書き込まれるとともに、細部の予告作用として聖嘆「文法十五則」中の「倒挿法」の内実をなしている。人物や挿話間の対偶関係にかかわる「照応」「反対」は、「正犯法」「略犯法」の流用であり、「主客」「襯染」の二語も（前者はほぼそのまま、後者は用法を異にして）、つとに七十回本金批にあらわれている。「襯染」は金批にいう「縇染」だと馬琴自身が明記している。したがって、本邦「批評の開祖」の独創と見做しうるのは、頻繁な立ち聞き（覗き見）および出来事の伝聞縮約にかかわる「省筆」と、「隠微」の二則となるわけだが、多く学んで強く反撥することを常となす批評家である。馬琴は果然、後者を強調し、金聖嘆も見落とした『水滸伝』の「隠微」を自分は発見しているのだと、複数の文章にそう書き残すこととなる。興味深いのは、その発見のプロセスである。

すなわち、北斎の挿絵と組んで和訳を試み中途で放棄した当初、馬琴は、その『新編水滸画伝』巻頭序言（「訳水滸弁」一八〇五年）に、「金聖嘆が議論に従ひ」、翻訳底本とした李卓吾評点百回本『忠義水滸伝』からあえて「忠義」の二字を省くと記す。さらに、聖嘆の「文法十五則」（うち二則を丸ごと書き落として）を引用列挙しながら、「和漢文章を異にすといへども纔《わずか》にその意を受《うけ》てこれを訳せり」とも断っていた。ところがその後、いわば『水滸伝』の本朝化たる『八犬伝』をみずから書き継ぐなかで、一転、聖嘆にたいする積極的な批判者に変わる。『玄同放言』所収「詰金聖嘆」（一八一九年稿）あたりに発する批判のもっとも鋭い矛先は、とうぜん、七十回本における「腰斬」の非にむけられる。聖嘆は『水滸伝』の「深意」を知らぬゆえにそんな愚挙に及んだのだという馬琴は、みずからその「深意」を説いて「初善中悪後忠」とする。初めはそれぞれ善良な役人、軍人、商人であったような者たちが、つぎつぎと「落草」し梁山泊へ結集する。さまざまな事情でさまざまな悪事を重ねるが、「招安」後には官軍として国家へ忠誠を捧げた。その三段階の変化から、肝心の「後忠」を消し去った点が許しがたいというわけだ。そのうえで彼は、原文にははっきり「百十道」と記されていた星光が、地上の好漢と転ずるにあたって「百八人」とされるのはなぜか、と意表を衝く。ほんらい宋江らと同じ星の下に生まれながらも、この「後忠」を逸した人物が二人いるからだというのが、文芸批評家・曲亭馬琴の鮮やかな答えである。

（…）かゝれば当日洪進が謬て走らせしは、一百十の妖魔なるに、後来これが百八人の豪傑となるときは、なほ二妖魔足らざるに似たり。考るに這二箇の大妖魔は、その奸倹凶暴の心いと甚しきものにして宋の天下を傾けたる、その一人は太尉高俅、又一人は晁蓋是なり。

（「水滸伝隠微評」一八三二年）

一方の高俅は宋朝滅亡期の大姦臣として、一方の晁蓋は新生梁山泊の初代頭目として、ともに、「百八」人と同じく天下を騒がせた者だが、やがて「妖気を鎮め」国家へ「忠義を尽くす」宋江たちのごとき「善果」を収めなかったがゆえに、二人は「天罡」「地煞」の数に入らなかった。これこそ『水滸伝』にこめられた「隠微」を指呼する標である。かくも強く作品をつかさどる「深意」を読み落としたゆえに、金聖嘆は「初善中悪」の段階で浅はかにも「後忠」部分を腰斬したのだ、と、いかにも誇らしげに馬琴はそう指摘している。——確かに、百回本、百二十回本、七十回本、原文にはどの版本《エディション》にも「百十」とある。

那道黑氣直冲到半天裏、空中散作百十道金光，望四面八方去了。

（七十回本・『全集』一 - 三六頁）

ちなみに、このくだりの「空中」以下は、露伴の訓訳には「散じて百十道の金光となり」とあるものの、戦後の訳文では、「幾十幾百筋の光の金の光となって散り」（吉川幸次郎・清水茂）、「無数の金色の光りになって、四方八方に散らばって行った」（駒田信二）、「百ばかりの金の光となって四方八方に散っていった」（佐藤一郎）、「百あまりの金の光になって飛び散り」（小松謙）で、いずれも数字「百十」が消えている。じつは、馬琴自身も、『新編水滸画伝』当時はこう訳していた。

（…）百餘道の金光と変じ、四面八方に飛去りぬ。

この訳文はおそらく、本邦初の和訳本『通俗忠義水滸伝』上編（岡島冠山一七五七年）中の「散ジテ百餘道ノ金光ト成、四面八方ニ飛去ヌ」を踏襲している。するとつまり、馬琴はその後どこかで、この〈百十／百八〉に気づいたのだ。そして、その欠けた二人を名指すと同時に、「初善中悪後忠」なる『水滸伝』の「隠微」を探り出し、みずからの「稗史七則」に組み込むのだ。この進みゆき、すなわち、膨大な量の言葉に刻まれたわずか一語の裂け目から、一気に作品の中核に迫ろうとする分析の生彩は、いかにも感動的ではないか……と、小著に縷説したことがら（『日本小説批評の起源』第一章Ⅱ）をここに復誦するのは、ほかでもない。この〈百十／百八〉の発見はそのじつ、中国白話文に十分習熟してはいなかった馬琴の、勇み足だったからだ。

「百十」は、中国語では「１１０」ではなく、数の多さをしめす概数である。よってこの場合、「百ほどの」と訳すことが妥当となる（『詳注』一‐五四頁）。先述のロールストーンも“more than a hundred small stars”と訳している（319 p）。少なくとも、これを「百十の金光」などと訳すほうが胡乱なのだ。この点、〈百十／百八〉に愚直にこだわってしまった馬琴にくらべるなら、岡島冠山はもとより、右の訳者たちは（駒田訳のやや誇張的な「無数の」もふくめ）語学的にはみな正しいのだ。だが、逆にいえばこのとき、馬琴に冠山ほどの語学力が備わっていたら、おもわず息をのむほど鮮やかな彼の分析そのものが、成立しなかったことになる。

七十回本の該当箇所には、夾批にひとこと「駭人之筆」（人を驚かせる筆つき）とあるのみで、数についての指摘はない。作品冒頭の「嘉祐三年三月三日」に注して、「あわせて九となる。九は陽に極まり」、極まれば変じて事が始まる、『水滸伝』が出現するゆえんだなどと記す金聖嘆である（『詳注』一‐二〇頁）。易教的な数の含意にも過敏なはずの評点家が、なぜこの「百十道」を無視するのか？——察するにこの〈百十／百八〉に気づき、改めてライヴァルの評点を検分した馬琴は、いよいよ勇み立って自説を固めもしたのだろうが……じつは、前掲小著において、わたしもまた馬琴に輪をかけた勇み足を踏んでいる。その事実をここに併記しておかねば、公平を欠くだろう。曲がりなりにも『水滸伝』を和訳しえた当人にくらべれば、語学的にずぶの「素人」は、感銘のあまり、この発見こそ、馬琴が「真の批評家」となった一瞬にほかならぬとまで、やや興奮ぎみに揚言していたのだ。小著のそのくだりは、再読していかにも面映ゆい。しかし、けっして面伏せとはならない。その感銘は、「百十」にかんする誤認を思い知ったいまも、変わらないからだ。変わらぬどころか、かえって年来の意を強くする。すなわち、それがたとえある種の無知や錯誤に由来するものであれ、その確（誤）信が記号の表面を刺戟して、分析におもいがけぬ弾みをあたえること。先述した「烘雲托月」も同断。その誤用の鮮やかさは、本邦江戸の源氏学に飛び火して、たとえば金聖嘆の愛読者・葛西因是の稿本「雨夜閑話」（一八〇三年）において、「雨夜の品定め」のうちに源氏と藤壺との（すでになされていた）姦通の痕跡を探り当てさせることにもなるだろう（小著『日本小説批評の起源』第二章参照）。――誤認の産出力とも呼ぶべき僥倖の、その格好の事例をわたしはここに見出すことになる。

　というか、そもそも、馬琴の減算（110―108＝2）は、語学的には胡乱でも、批評的に正しいのだ。ここには確かに、ほんらいなら星の化身（「妖魔」）たりえたはずの人物が、二人いる。

作品の挑発力

新生梁山泊の初代頭目たる晁蓋が、宋江以上の存在であったことは作中に明瞭である。なればこそ、中途で不慮の戦死を遂げたのち、彼は勢揃いした百八人全員の守護神として祭られるわけだが、馬琴の減算にきわだてられていっそう貴重なのは、『水滸伝』にあって最初から最後まで敵役に徹する高俅の「妖魔」＝「好漢」性のほうである。

前章に指摘した大物「好漢」の条件を想起しよう。作品の指定する「天罡星」たちとそのまま重なるわけではないその条件は、以下の四点に求められた。

①どんな相手とも互角以上にわたりあう能力。
②他の好漢と出会い（あるいは闘い）たちまち義を結びあう能力（「好漢識好漢」）。
③窮地に陥って仲間を呼び集める能力。

④他の「大物」とのあいだで対偶関係を作り出す能力。

順不同で略記すれば、①については、梁山泊に手を焼きながらも奸計を駆使して失地を回復するのみならず、最終的には宋江ら首脳部を高俅が葬り去るという大がかりな顛末が、これを証していよう。②についてのいわば陰画的な証左としては、奸計にあたり、彼がたえず、蔡京・童貫・楊戩といった姦臣たちと阿吽の呼吸（「悪漢識悪漢」）を保ちつづける点を指摘できようが、この二点がどちらも軽微な兆候であるとすれば、とくに抜きんでた「大物」の条件となる④は、大がかりで重大なポイントとして、はっきりと高俅にも妥当する。

首府の遊蕩者だったこの男が、王子時代の徽宗に取り入り、やがて宋朝重臣に登りつめるきっかけは、「蹴鞠」だった。一方、梁山泊きっての伊達男で遊び人の「浪子」燕青が、その徽宗の愛娼・李師師の気を惹き、彼女を介して皇帝直訴をなし、難航していた「招安」を実現するそのきっかけもまた、燕青の吹き済ます「簫」の音と、「艶めいた曲」を歌う見事な声であった。ちなみに、「腰斬」を肯定する「水滸伝と八犬伝」の子規も、おかげで、徽宗・李師師・燕青のこの一段がなくなったことは惜しいと付言するのだが、このとき、高俅と燕青は、遊芸の技をとおして稀代の「放蕩天子」から大きな利得を引き出すという一点において、きわだった対偶を形づくっている。金聖嘆の用語にしたがえば、高俅はここで、危機・脱出をめぐる林冲と盧俊義との関係以上に長い射程（百回本・二回→八十一回）のうちに、敵方の燕青と「略犯法」的な感染関係を結びあうわけだ。

③にかんしては、彼の迫害力が（②同様、陰画的ながら）有力な証左となろう。単行しては何度も捕まる宋江を筆頭に、花栄、柴進、史進、魯智深、石秀、盧俊義らの「大物」が、窮地に陥ってはそのつど仲間の結集を導くように、高俅もまた、その数次の迫害によって豪傑らをしきりと結びつけているのだ。王進を首府から放逐し、「好漢」リレーの発端をつくったのは、ほかならぬ高俅である。養子・高衙内の邪恋を容れて林冲を罪に陥れ、さらには、刺客まで放って彼を旧梁山泊に落草させたのも高俅なら、仕官をのぞむ楊志をにべもなくはねつけ、彼を「生辰綱」事件後の落草に結びつけたのも、また、呼延灼に命じて一軍を動かし、結果的に、梁山泊軍を大きく成長させてしまったのも、ほかならぬ高俅である。あげくは、敵の「大物」らを模倣するかのように、みずから率いた征討軍の三度目の敗戦時には、彼は梁山泊の捕虜になってみせるだろう。しかし、官軍が救援に来るわけではない。舌先三寸で宋江を欺して捕囚をのがれたばかりか、彼は逆に、

宮廷内務向きの小物「好漢」（簫讓・楽和）を引き抜いて都の自宅に軟禁するだろう。被害と迫害とがそうであるように、この結果もまた逆である。だが、結果が反対になるのは、原因が同一だからだ。

　そもそも、梁山泊と高俅が終始敵対するというのは、両者の根が同じであることに由来する。そういった（いくぶんか構造主義的な）視界を、本邦「批評の開祖」がつとに有していたとまでは強弁しない。重要なのは、作品冒頭に刻まれた「百十」という記号が、馬琴に、そう読ませているという事実である。

　すなわち、作品そのものに潜在する挑発力。

　同じ力は、金聖嘆における改変・偽造についても看取できる。『水滸伝』の随所にあらわれる中断と遅延が読者に与える焦らしや期待の効果（「此一頓已是令人心癢之極」）にたいし、聖嘆がすぐれて鋭敏《フォルマリスティック》な反応を示している点は、シクロフスキーらの名とともに先述したとおりだが、この〈間《ま》〉の手法の一応用例として、大にしては、二度目と三度目の祝家荘攻撃のあいだに唐突な一章（「解宝・解珍」故事）を挿入する筆つきを「横雲断山法」と呼んで称賛する批評家は、ほぼ同様の効果を小に求めて、「夾叙法」なる「文法」を顕揚している。AとBの会話のさい、Aの言葉をさえぎってBの言葉を割り込ませる手法のことである。これによってBの内心（苛立ち、怒り、驚き、等）を写すといった主意だが、瓦官寺における悪道人とのやりとり（付章「文法十五則」参照）をはじめ、本文中にその該当箇所として「批」「評」が施され、司馬遷も超える「章法奇絶、従古未有」などと激賞される文章の数々は、先の小松謙の指摘するごとく、たった一例をのぞいて、すべて聖嘆自身の創作である。

その一例は、先に驚嘆すべき「深読み」として引いておいた魯智深・史進の偶会決闘場面に認められる。目深な「氈笠」で顔が隠れた（と聖嘆が看破する）生意気な「男」の誰何を、いきりたった魯智深が、最後までいわせず打ちかかるくだりがそれである。一部、再記しておく。

「おい和尚。お前の声に聞き覚えがあるが、姓はなんという」

「わしと三百合も渡り合ってから教えてやろう」

傍点部は、ほんらいなら「姓甚名誰」（「姓はなんだ、名はなんというか」）で定型をなす。それがここで「姓甚」で断たれているのは、魯智深の「性発」（いきり立ち）をあらわすというわけだ（しばらく闘った後、史進は改めて定型全句を口にする）。小松謙も指摘するごとく、金聖嘆はこの箇所から「夾叙法」全体を発想し、私見では「横雲断山法」とのセットで「文法」化した。したついでに、それに相応しい細部を他の行文中にみずから捏造＝創作したわけだ。しかし、馬琴の「百十」をたんなる語学的誤認と斥けきれぬように、金聖嘆の仕儀を批評にあるまじき逸脱非道と難じたところで、何もはじまらない。それもこれも、作品自体が挑発していると見做すことが肝心なのだ。冒頭に引いた本邦批評家の啖呵の一部を変えて復誦すれば、すなわち、「そうせよと使嗾しているのが作品自身の無意識ではないと、誰が断言しうるというのか」。

その「使嗾」に進んで応えること。それが作品にたいするもっとも深い「敬愛」のかたちではないのか。少なくとも、ある意味では虚妄すれすれのその「愛」と、「分析」の鋭さとの、豊かでたえず不意の（つまり、事件としての）共存なくして、どこに「批評」の悦びが生じえようか。

ところで、右の馬琴は、『水滸伝』の作者を羅貫中と定めながら、おのれの発見について、『西廂記』を扱う金聖嘆さながら、こう書き残している。羅貫中がいまに蘇るや、

「必ず」自分の説に服すだろう、と。

> 余《よ》嚮《さき》に、水滸伝の趣向を評して、初中後三段の差別あるよしをいへり。是古人未発の説、羅貫を今に在するとも、必ず予が言に従《したがは》ん。
>
> （『傾城水滸伝』第九編序一八二九年稿）

なぜなら、この作品はむしろ自分のものだからだ。すんでのところでそう言わんばかりの筆勢を銘記しよう。「惜しみなく愛は奪ふ」（有島武郎）!?……現代の批評家としてはさすがにこうは断言できぬものの、批評が、惜しみなさの別称であることについては、多少なりともここに記しえたとおもう。

註

（1）小松謙『水滸伝と金瓶梅の研究』二〇二〇年二五六－二五八頁。精査における算定基準としては、一文中三字以上の変更がある場合を「改変」1と数え、原文にない文章の「挿入」数は一文単位、「削除」数には、美文詩詞およびその前後の地の文の削除は除き、最終回分はカウントせず、また、原文の文章が書き換えられてある場合は、「削除」「挿入」各1とカウントするとある。

（2）小松建男「李卓吾と金聖嘆」／伊藤虎丸・横山伊勢雄編『中国の文学論』一九八七年所収二一〇頁。

ちなみに、この訳文に添えて「このように、人の心の普遍性を重視するあまり作者が作品に持ち込むであろう特殊性もしくは個性が見落されがちとなり、作者と作品の結びつきが弱い点に金聖嘆の文学論の一つの特色がある」と記されている。妥当な所見ではあろう。だが、本章および本書が語りたいのは、作者不明の作品とその批評家とのあいだの、はるかに無謀でこよなく繊細な「結びつき」である。

（3）『大学』に記された八条目の一つである「格物」を、「物に格《いた》る」と読むか、「物を格《ただ》す」と読むか。前者は、個々の事象を窮めてはじめて世界の本質（「理」）にいたるという朱子学的窮理となり、後者であれば、自分の心を正すことによって世界に働きかけるといった陽明学（王学）的実践の原理となる（島田寅次『大学・中庸』一九七八年参照）。金聖嘆の場合、李卓吾とのからみで「王学左派」の一員と目されることがあり（目加田誠「陽明学と明代の文芸」・『陽明学大系』一巻一九七一年）、実際、その重要な振る舞いは、『水滸伝』という「物を格《ただ》す」ことに終始してもいる。一方で、その『水滸伝』観にあっては、本文にいうように、彼は作者・施耐庵の朱子学的「格物」性を独特な口調で強調してもいたことになるわけだが、朱子学と陽明学という儒教思想の二流派それぞれの本質が、たった一字（「格」）の「読み」の対立から生じている事実には、多大な感慨を禁じえない。まさしく、記号の途方もない挑発力というものだろう。

（4） David L.Rolston: *Traditional Chinese Fiction and Fiction Commentary*,Stanford1997,p26
『水滸伝』の金聖嘆（Jin Shengtan）から始まり、『西廂記』『金瓶梅』、『儒林外史』、『紅楼夢』などにたいする数々の評点批評（家）を――主として米国の文芸批評理論を横目に――広く手際よく扱った労作（そこには馬琴「稗史七則」への言及もみえる）は、聖嘆が切り開いた批評領野への入門書として有益なものだが、そこに記されたいくつもの所見や情報とは別に、私見における最大の示唆は、「評点」（＝「批・評」）の英訳「Pingdian」である。一語には米国俗語の「ペニス」（pinga）がふくまれている。当該書第一章の表題にいうMr.“Pingdian”: Jin Shengtan。すなわち、作品をいわば女性的な受容態と化すかたちで、その恣意的な切断部におのれを挿入する「批・評」が（善くも悪しくも、また、時代をとわず）否応なくおびてしまうその男根性。

（5） はからずも『ピース・オブ・ケーキとトゥワイス・トールド・テールズ』文庫版巻末に収められた二〇一二年のインタビューで、金井美恵子は、対象への一体化にまつわる金聖嘆の言葉をより冷静にはるかに繊細に引き継ぐかのように、ある小説を読みながら「まるで自分が書いているようにしか思えない」感覚にふれ、「書きながら世界全体に」なってしまうような体験に（その一瞬、「情人」でも「情婦」でもあり、「馬」でも森の「木の葉」にも「風」にもなる「悦楽」を愛人宛の私信に綴るフローベールをおそらく念頭に）言及している。それはしかも、そう再三ではないものの「誰にでもおこる」ことだろうと――誰にでも可能なわけではないさりげなさで――付言している。

（6） 饗庭篁村編著『馬琴日記鈔』一九一一年附録「八犬伝諸評答集」。

篁村のいう「批評の開祖」は、たとえば『八犬伝』の自注に、「只瞬息の事なるを、数万言に綴れるも、則是《すなはちこれ》文字に在り。又数百年の長々しきを、数行の筆に約舒《つゞめのぶ》るも、又是《またこれ》文字にあり」（九十二回）と記して、後のロシア・フォルマリストさながら、叙述に要する時間と虚構のはらむ時間との相関性を嗅ぎ当てている。本文に記すように、こうした批評視界はあきらかに金聖嘆に由来するが、馬琴についての詳細は、小著『日本小説批評の起源』第一章Ⅱ「二人の馬琴」の参覧を請うておく。

第三章　聖嘆批評の「モダニティ」

「視点」の技法

どんな状況下で、誰が何を見ているのか。何を感じ、どう考えているのか？　何らかのかたちで読者にそれを示す部分を一切もたぬ小説というものは、滅多にない。これゆえ、小説というものを、その示し方の変遷あるいは類別として把握することは可能であり、現に、何人もの理論家たちがそれを試みてきたわけだが……そのひとり、たとえば中村真一郎は、ヘンリー・ジェームズのブックガイドを兼ねた晩年の一著で、このアメリカ人作家が「発明」したという「「視点」の技法」の意義を繰り返し強調している。

一人称はいうまでもなく、三人称を採る場合も、もっぱら「主人公だけの内面を描き、他の人物は主人公の意識に反映した面だけが表現されるという、丁度、私たちが実際の人生で生きているのと同じような構造」（『小説家ヘンリー・ジェイムズ』一九九一年）が、その貴重な意義である。中村真一郎は我が国の戦後文学に無視しがたい作家であると同時に、プルーストと『源氏物語』とを同時に味読しうる「モダンな」批評眼を誇る理論家だが、戦前の若年期にジェームズに接して以来、この「構造」に触発されつづけてきたという老大家は、『メイジーの知ったこと』（一八九七年）『ねじの回転』（一八九八年）などに用いられ、いわゆる「晩年三部作」（『鳩の翼』一九〇二年、『使者たち』〇三年、『黄金の盃』〇四年）で練り上げられてきた技法につき、さらに次のように書いている。

（＊主人公以外の他の）人物たちの心理描写は一切、省略されているので、読者はその人物が、ある台詞を言いながら、どういう眼付きをしたとか、不意に立ち上がったとか、どういう身振りをしたとか、ということから、丁度、やはり舞台を見ているように、その人物の心理を想像しなければならない。（傍点原文）

「小説」にたいする同じ比喩の位置で「人生」と「舞台」が等置されている点は、次章にゆだねておく。また、右の内容を鮮明にした三人称一元小説『使者たち』[1]に十数年遅れて、瓜ふたつの言葉が岩野泡鳴の「一元描写論」にあらわれているが、この点についいてもしばらく措く。さらに、中村の議論にあわせ、分析用語としての「視点」と、今日の物語理論に用いられる「焦点」との相違もさしあたり不問とする。

要は、この「視点」技法によって、ジェームズが、「神の視点」と「作家」の介入(「話者挿評《コメント》」)に委ねられて停滞久しい「素朴《ナイーブ》な」イギリス文学を一新したという中村の主張にある。のみならず、それは広く西欧文学に波及し、「十九世紀小説と二十世紀小説との境界点」に立って、両者を「接合」しながら前者から後者への道を「切り開いた」。すなわち、フローベールの三人称から、プルースト、ジョイスの一人称へ。冷静にクラシカルな「客観」描写から、混乱する内面にまで測鉛をおろすモダンな「主観」描写へ。その転換を担うかたちで、外界と同時に、それを眺める視点主の複雑な内面も扱いうるものが、ジェームズの「「視点」の技法」というわけだ。よく似た観察は、戦後のいわゆる「ジェームズ再評価」以来、他の評家にも散見し、今日ではジェームズにかんする「定説」に数えられてよいものだが、別途たとえば、生島遼一が、フローベールの「小説技術」に秘められた「種々の独創」のひとつについて、訳者として次のように記すところもまた、一事と無縁ではない。

（…）たとえば、現代小説家が過敏に意識する、二十世紀文学的なテクニックと考えられている、人物の観点を通して描写するやり方を、すでに十分自覚して実行しているのだ。『ボヴァリー夫人』の初めの部分はもっぱらシャルルの観点から描かれ、ベルトーでの娘時代のエンマのはつらつとした感覚描写もみんなシャルルの感嘆の眼差しでとらえられて行く。やがてカメラ・アイは移動してエンマにうつり、それからはシャルル自身も見られるobjetとして描かれる。この観点（point de vue）の移動はじつに巧妙で、古い型の小説ではけっして見られないものだ。『感情教育』についても同様のことがいえるのである。

（生島遼一訳『感情教育』岩波文庫「解説」一九七一年・傍点原文）

右の「観点（point de vue）」は、中村のいう「視点」とひとしい。生島はここで、中村がヘンリー・ジェームズのもとに強調する「「視点」の技法」は、師筋に当たるフローベールの作中にすでに活用されていたことを語っているわけだ。一応それは――文中にみる「もっぱらシャルルの観点」の不正確さにくらべるなら――誤たず的は射ている。たとえば、映画撮影にまつわる語彙を用いながらフローベールの「視点の問題」を論ずるジャン・ルーセが、『ボヴァリー夫人』第二部第二章冒頭について、「視線のロンド」と呼ぶ「堅固でしかも柔軟な」――私見を加えればそのうえ、時間の推移さえ伴った――「自然な移行」（エンマ→レオン→オメー→シャルル）をはじめ、ロドルフとの名高い農業共進会の場面も、レオンとの辻馬車も、エンマと他の人物とのあいだを自在に往復する数々の「「視点」の技法」の効果は、フローベールが、小説史上にはじめてもたらした達成のひとつである（ルーセ『形式と意味』一九六二年参照）。この点は確かに、どれほど強調してもしすぎることはないだろう。

だが、生島のいう「人物の観点を通して描写するやり方」や「観点の移動」は、フローベール以前には「けっして見られないもの」かどうか？　少なくとも、その形式自体は、もっと以前から小説に備わっており、そこに着目する読み手もいたのではないか……とそう書いて、本章は改めて『水滸伝』と金聖嘆を呼び寄せるわけだが、実際、この作品には、誰かが何かを「看時」「聴時」といった言葉が頻出し、ひとたび作中にあらわれるや、聖嘆はそれを「過敏に意識する」のだ。

比較的見やすい事例から始めるなら、前章に、金聖嘆の評点ともども七十回本原文から引用した場面の続きを想起すればよいか。

酒乱の罰で謹慎中の魯智深（魯達）が、春の陽気に誘われまたぞろ山をくだり、猛然と呑みかつ喰ろうて、山上の寺院への戻りしな、山腹の亭の柱をへし折り、さらには山門の二体の金剛像を叩き壊す連続場面である。

智深は山腹の亭のところまでのぼってきて、そこで一休みすると、酔いがまわってきた。魯智深はぱっと立ち上がってつぶやく。

「久しく手や脚を使わなかったので、なんだか身体がなまってしまったようだ。すこしやってみようか」

亭をおり、両腕をまくりあげて、上下左右とひとしきり拳法の型をやった。やっているうちに力が出てきたので、亭の柱に肩をあててぐいとゆすると、とたんにめりめりと音を立てて柱がへし折れ、亭の半分が崩れてしまった。

門番が山腹の物音を聞いて、高見から眺めると、魯智深がよたよたした足取りで山を登ってくる。ふたりの門番は叫んだ。

「困った！　あの野郎がまたひどく酔ってきやがった」

すぐに山門を閉めて閂をかけてしまい、隙間からのぞき見していると、智深は山門の下までやってきて門のしまっているのを見るや、拳骨で太鼓をたたくようにたたいた。が、ふたりの門番はどうしてもあけない。智深はしばらくたたいていたが、やがて身をねじむけ、左側の金剛を見てどなりつけた。

「やい、この大男め、おれのために門をたたけばよいものを、なんだ、拳骨をふ　りあげておれをおどかそうというのか。おまえなんかこわくないぞ」

台の上に跳びあがり、柵を、ただ一抜きに、まるで葱でも引き抜くように抜き取り、その棒切れで金剛の脚をなぐりつけると、泥や胡粉がぱらぱらと落ちた。のぞき見していた門番は、

「こいつはたいへん。長老さまに知らせに行かなきゃ」

智深は一息入れると、身をひねって、こんどは右側の金剛を見てどなる。

「やいこら、大きな口をあけて、おまえもおれを笑うのか」

と、右側の台の上に跳びあがり、金剛の脚を二、三度なぐると、天をもとどろかすような大音響とともに金剛は台の上からさかさまに転げ落ちた。魯智は棒切れをひっさげたまま腹をかかえて大笑い。

（四回／原文には句読点も改行もない――為念）

この山門から、勢い余って山内の修行堂に転がり込み「喉をげろげろ鳴らして反吐を吐いた」ので、禅僧らたまらず逃げ出すという有名な一齣（「捲堂大散」）が右に続くわけだが、長い引用のゆえんはすでに明らかだろう。

すなわち、この作品にあっても、やはり〈魯智深A1→門番B1→魯智深A2→門番B2→魯智深A3〉と「カメラ・アイは移動して」（生島）いること。試みに、同じシークエンスを、「門番」の視界を介在させずに、三人称でも一人称でも、一元視点で書き改めてみればよい。それでは、矢継ぎ早な「視点」転換それ自体のリズムが（魯智深の狼藉とあいまって）作り出すこの活気は得られまい。とりわけ、山腹の魯智深A1に密着していた話者視点が、山頂の門番の視界へと不意に大きく引く呼吸（A1→B1）。その唐突さは、句読点も改行もなく、表現も圧縮されている原文ではいっそう顕著だろう。その瞬時の視点移動がもたらす効果は、「水滸伝と八犬伝」（一九〇〇年）の正岡子規が「今日の作者と雖も容易に及ぶべきものではない」「技倆」[2]のひとつとして、つとに称賛していたものだが（小著『日本小説批評の起源』第一章参照）、亭を壊すところまでは「作者の目から魯智深を見た写し方であつたのが，次の句に至つて俄に一転して門番の目から魯智深を見る事になつてをる」ことによって「非常に景色が活動して」くる。一元視界を採るやいなや、その生彩は、文字どおり平板に書き消されてしまうだろう。実際、「隙間からのぞき見していると」（「只在門縫裏張時」）を指して、「妙筆。のぞいていてもらわなければ、魯達に自分で述べさせるわけにもいくまい」（「不張時、将使魯達自叙耶？」）と記す聖嘆（『詳注』一九五頁）が意識しているのは、この平板さにほかならない。「魯達に自分で述べさせる」とは、一人称にせよ三人称にせよ、彼を一元視界に置きつづけることを意味する。魯智深から門番への「視点」移動を称賛する子規の評は、その聖嘆の慧眼を応用したものだが、右の引用箇所にはさらに、一元視界ならではの特性が活用されている事実をあらかじめ指摘しておく必要がある。

すなわち、一元視界そのものの不確かさ。

魯智深は、山門左右の仁王像の握り拳や嘲け笑うような口元に刺戟されるや――「風車」を前にしたラマンチャの「騎士」に先んじ――売られたとみた喧嘩を買って、やにわに二体を殴り潰したのだが、この場面は、中村が別途、ジェームズのいわゆる「幽霊物」に見いだす「異常心理に巻きこまれた当事者の視点」と同じ形式に収まっている。たとえば『ねじの回転』のノイローゼ気味の女性家庭教師（「わたし」）は、同じ家の家政婦に、この目で見たという「男」（「幽霊」）の「役者のような」容貌を事細かに語っているが、その細く縮れた「赤毛」も、「青白くて面長な」顔も、「風変わりな頬髭」も、「弓形」の眉も鋭い目付きも、大きな口と薄い唇も、客観的な真実である保証のないことは、魯智深を刺戟した山門金剛像の「嘲り顔」の場合とひとしい。ここには、「異常心理」と「泥酔誤認」の違いがあるにすぎない。むろん、「専ら合理主義的な、目に見える物をしか描かない写実主義の技法を遵守しながら」「幽霊を小説中に登場させる」（中村）ジェームズの場合、その「物」に少なからぬ言葉（右の「幽霊」には、南條竹則の翻訳本で六行ほどの描写があてられている）が差しむけられるのにたいし、魯智心を刺激する「物」はごく手短に喚起される（「拳」を振りあげ大きな「口」をあけた何か）という相違はある。だが、一元視界に映ずるそれぞれの「物」の正体につき、主観と客観のあいだに大きな隔たりが生じうるという、いわば原理的な胡乱さにおいて、両者にかわりはない。金剛の「拳」も「口」も、「異常」な泥酔状態にある「当事者の視点」に映じたものであるからだ。

再現性／産出性

上述を念頭におき、以下には引きつづき、『水滸伝』における「二十世紀文学的なテクニック」たる「視点」技術と（生島）、それを「過敏に意識する」聖嘆批評を検分しておきたいが、実際、『水滸伝』本文には、「視点」の主体を明示するくだりが（「史進看時」「林冲看岸上」「楊志看那人」等々）が多出する。とうぜん客体（「岸上」「那人」）も右のごとくしばしば併記され、テクストは、誰が何を見ているのかをしきりと書き留め、聖嘆はそのつどこれに反応してみせるのだが、そもそもなぜ、たんに（匿名の）話者の視界から描出される（いわゆる「非人称」、あるいは「三人称客観描写」）ことも可能な事実について、わざわざ「視点」が設定されるのか？――大別して二種類の、互いに次元を異にする理由がある。

一つはテクストの再現性にかかわり、一つはその産出性に絡んでいる。

煩瑣にならぬ程度に整理しておけば、ジェームズの「視点」技術のうちに「丁度、私たちが実際の人生で生きているのと同じ様な構造」を見いだす中村真一郎の所見はむろん——故意か偶然か、彼が見事に無視または失念していた岩野泡鳴の「一元描写論」と同様——前者の典型となるだろう。それが、現実の視界と一番よく似て近しいというわけだ。確かに、われわれの世界には「話者」は存在しない。生島遼一が『ボヴァリー夫人』の夫婦間に指摘している〈見る⇕見られる〉の関係も、同様に現実的なものである。相手はしばしばこちらを見返してくるからだ。「写実」もしくは「リアリティ」という評語が指呼するのは、いうまでもなく、現実とのこの近しさにほかならぬが、このとき、聖嘆による書き換えの一部が、この近しさにかかわる事実は銘記にあたいするだろう。

たとえば、林冲故事の発端（七回）。林冲の妻が、高俅に媚びて友人を裏切った陸謙の家に欺されておびき寄せられ、見知らぬ男（高俅の養子）に迫られていることを、家の小間使い（「小児女」）が知らせにくる。そのさい、林冲に急を告げる小間使いは、「陸家」とは言わず、奥様と一緒に「ある家」（「一家人家」）に案内されたと口にする点を、「情景」に叶った周到な書き方だと金聖嘆は評する。それが「誰の家」であるか、小間使いは知らないからだ、と。知らない者が、「奥様が陸家に連れてゆかれた」などと口にするのは、その場の状況（「当時情景」）に適わず不自然だ（「小児女何知這家誰家、只是一家人家便了。若説直到陸家、便失却当時情景不少也」・『全集』一・一三七—八頁）というわけだ。生憎こうした周到さを逸して「写実」に悖るやいなや、その語句や文章は、例によって亟潰しの書換を被ることになる。

五台山を放逐された魯智深を預かりあぐんでいる相国寺内の役僧の言葉がそのひとつで、役僧は、どうみても場違いなこの男は寺には入れず、門外「菜園」の管理人にしてはどうかと提案する。「何不教魯智深去那裏住持，倒敢管的下」（「あそこへ魯智深をやったら案外うまくゆくかもしれません」駒田訳）。だが、前後の文脈から推して、この役僧は新参者の名を知っていない。とすれば、先の小間使いの場合と同様、この「魯智深」は「此人」でなければならず、現に七十回本の編者はそう書き改めている（『全集』一-一二七頁）。

あるいは、晁蓋一統に生辰綱を奪われた楊志を「視点人物」となす食い逃げのくだり（十七回）で、百二十回本では「只見背後一箇人趕来（後から一人追いかけてきた）」とあるところが、「只聴得背後一箇人趕来」と改変されていること。この場合、「只見」が、短い情景を導入するための白話小説のテクニカルタームにすぎぬことを意図的に無視して（つまり「見」を直叙的に「聴」に対立させて）、背中を向けて逃げているはずの楊志に、その足音は聞こえても「一箇人」のすがたは見えないという判断が書換の要点となる（『詳注』三-一一二頁）。サルトルのモーリアック批判（「モーリアック氏と自由」一九三九年）

あたりを念頭にしてか、金聖嘆の意図をそう指摘する小松謙は、視覚ばかりでなく聴覚もふくむ同様の事例の数々を拾いあげて、それらを金聖嘆による「合理化」と呼びながら、その「合理化」の目指すところが「近代文学の手法と合致している点」を強調することになる（『水滸伝と金瓶梅の研究』二〇二〇年）。

他方、「視点」設定の産出性は、再現性に比しておよそ多様な側面にかかってくるが、そのなかで上記にあらわれていたのは、以下の三点である。

一にまず、視点移動に伴う諸効果のひとつとして、空間性（山腹の魯智深→山頂の門番）の創出、および移動それ自体のはらむ運動性の創出。『水滸伝』の「技倆」みなぎる文章に舌を巻く先の子規が、山腹を「よたよた」登ってくる酔漢のすがたを不意の引きで捉えるゆえに「非常に景色が活動してをる」と絶賛したのは、空間性と運動性の双方にかかっていたわけだ。別してまた、その運動性はたとえば、王倫率いる旧梁山泊に晁蓋一統が身を寄せたさいの呉用の台詞に託して、次のような「視線」の交錯を作り出している。このとき、好漢中最初に梁山泊入りしていた林冲は、頭領・王倫の狭量に失望しながら第四席に甘んじている。

今朝林冲は王倫が兄上（＊晁蓋）に答える様子を見て、自分もいささか我慢ならない気分になったようで、ひっきりなしにこっちの王倫をにらみながら、心中一人ためらっているようでした。

（十九回・『詳註』三 - 二〇九、二一〇頁）

わずか「十四字」（「早間見林冲看王倫答応兄長模様」）ながら、「活けるが如く、また画の如き」この一句では、「王倫が晁蓋に答え、王倫が晁蓋に答えるのを林冲が見、呉用は王倫が晁蓋に答えるのを見る林冲を見る。一区の中に多くの曲折があることにご注目」（同右）。そう注する聖嘆は——その極限形態として遠くベケット『ワット』の一場景（「委員会」の五人の交差視線）を想起させる——この「曲折」の切迫感が、林冲を引き込んだ一統によるクーデターへの予告機能をはらむことを嗅ぎ当てているかにみえる。誇張ではない。実際、たとえば、「魯智深」→「比人」の書換が時代を考えればいかにも秀逸ながら、今日の文章指導などではむしろ一般的な指摘でありうるのにたいし、こちらは、時代を超えて挑発的な批評眼の所在を示しているといってよい。……これが、一つ。

さらに、「視点」そのものの制約や特性が個々に生み出す効果。

山門の魯智深と二体の金剛像の場景を鼓吹していたのがそれだったが、たとえばまた、祝家荘との苦闘につづく高唐州との戦いにも苦戦を強いられているおりしも、祝家荘戦ののち故郷の師・羅真人のもとに行ったまま戻らぬ公孫勝を、現下の局面打開のために戴宗と李逵が呼び戻しに赴く場面。師は愛弟子を手放したがらず、老母も不安を訴え、公孫勝も二の足を踏んでいる。その様子にしびれを切らした梁山泊随一まったなしの乱暴者が、そんな「糞師匠」など殺してしまえば話が早いと、「二枚の板斧」を手に山上の道場に忍び込むくだり。

（…）表門をあけておいてから、ぬき足さし足なかへ忍びこみ、ずっと松鶴軒のところまでやって行くと、窓のむこうに誰かの玉枢宝経を誦している声が聞こえた。李逵はよじのぼって舌で窓紙をなめて破り、なかをのぞいて見ると、羅真人がただひとり雲牀に坐って、朗々と経を誦していた。その前の卓の上の香炉には、名香が焚かれ、二本の絵蝋燭がともされている。李逵は、

「この糞道士め、ちゃんと死ぬようにできてるじゃないか」

と、一足一足戸口のところへにじり寄って行って、手でぐいとおすと、ぎいっと音

をたてて二枚開きの格子戸があいた。李逵は飛びこんで行って、斧をふりかぶるが早いか羅真人の脳天めがけて真向からふりおろし、雲牀の上に切り倒した。と、白い血が流れ出した。

（駒田訳「百二十回本」・五十三回[3]）

ところが翌朝、羅真人は何事もなかったかのように、同じ「雲牀」に座って経を誦しており、啞然としつつもなお驕慢な李逵を法術で宙へ吊り上げ、ひとしきり弄ぶとそのまま蘇州まで飛ばしてしまう。

このくだりは、後年、上田秋成『雨月物語』中の「青頭巾」と『春雨物語』の「樊噲」に巧みに変奏される。このことは、日本小説にたいする『水滸伝』の影響の貴重な一例として特記にあたいするが、いまは、梁山泊からの使者二人のうち、戴宗は江州牢城のまずまずの役人道士でそれなりの教養はある一方、彼の配下筋の李逵は、まったく無教養で、「文盲」に近い人物（魯智深も同様）である点を押さえておけばよい。その李逵の「眼中」に映じた右場景のうち、七十回本が書き換えている言葉は次のとおりである（『全集』二二-二八三頁参照）。

①「玉枢宝経」（経典名）→「什麼経号」（「何かのお経」）
②「雲牀」（僧侶や道士がつかう腰掛け）→「日間這件東西」（「昼間のあれ」）
③「兒上燒著一爐好香，點著兩枝畫燭好香」（駒田訳「その前の卓の上の香炉には、名香が焚かれ、二本の絵　蝋燭がともされている。」）→「面前卓児上烟煨煨地」（卓の上には煙がもやもやしている）。

このとき、みずからの書換部分に例によってあざとく批点を入れる聖嘆は、次のような夾批と眉批（※）を挿入する（訳文・佐高春音）[4]

①この文句（＊「什麼経号」）だと何のことやらわからない。極めて素晴らしい。
※俗本は「玉枢宝経」につくるが、誰がそれと知るだろうか、誰がそれを覚えていようか。
②「雲牀」のことである。戴宗の眼中からこれを書くときには「雲牀」と言うが、李逵の眼中からこれを書くときは「東西（物、やつ）」と言う。極めて素晴らしい。
※俗本は誤っている。

③お香のことである。李逵の眼中から書くと（烟煨煨地という）四字になる。書きぶりの素晴らしさは、ほとんど入神の域に達している。

※俗本がここでもまた誤っているのは、とても恨めしいことである。

念のため再確認しておくが、右にいう「俗本」は、『水滸伝』百回本、百二十回の総称である。それらの「俗本」は、いま自分の手元にある施耐庵作の「古本」七十回本に、後の羅貫中があらでもな増補をくわえた「悪札」であるというのが、聖嘆による基本的な詭弁なのだが……その詐欺的前提はどうあれ、これらの書換自体は、出色である。

たとえば②にかんして、少し前の箇所、戴宗と李逵が、昼にはじめて羅真人に謁見したおりの描写にも「雲牀」の一語があったが（「ちょうど真人は朝真を終わったばかりのところで、まだ雲牀に坐っていた」・駒田訳）、それは戴宗の視界からの言葉だった。対して、こちらは李逵の「眼中」ゆえ、それはあくまで、名も知らぬ「東西《もの》」でなければならない。宗教などにもっとも無縁な男が「雲牀」を知っている方が不自然ではないか。この判断は、先にみた〈「魯智深」→「此人」〉と同じ次元にあり、その意味では、この書換はさほどではないにせよ、③の「烟煨煨地」は、時代を超えてきわだった生彩をおびながら「ほとんど入神の域に達して」いるだろう。そこには、昔も今も、同じ漢字文化圏の文芸批評家の顔色寒からしめる生彩がみちている。「お香」とは記さず、「煙がもやもや」を強調する筆運びは、あと一歩進めれば（あるいはこのままでも）、シクロフスキーがトルストイの対物描写やスタンダールの戦闘描写に認めた「異化」作用をおびることになるからだ。本邦今日に鑑みて、「蚊帳」とは書かず、「へやの中のへやのようなやわらかい檻」と書き、同種の書き換えで、まるまる一冊の小説作品を作り上げてしまう黒田夏子（『ａｂさんご』二〇一二年）を想起してもよい。

「石」という「自動化」された言葉を使わずに、その物を描くこと。たとえばそのようにして、対物描写における事物の知覚を長引かせ、難解にすることによって、その事物への「真」の明視を作り出す。――それが「手法としての芸術」（シクロフスキー）における「異化」の一義的な規定とはいえ、そのじつ、より良く「真」に奉仕するはずの畸形化が、反映ではなく挑発へと転じながら、言葉そのものの得体の知れぬ跳梁を（時にユーモラスに）生み出してしまうこと。[5] それが「異化」のもっともスリリングなポイントだが、金聖嘆の書換が示しているのは、甲乙いずれにせよ、「異化」を作り出すには、一元的な「視点」が不可欠であるという形式的本質にほかならない。現にこの李逵をもっと幼く混乱させれば、彼はたとえばフォークナー『響きと怒り』のベンジーと化すわけだ。カミュ『異邦人』のムルソーが出向き、あるいは引き出された養老院や法廷がこわばるのも同じ理由による。つまるところ、三人称小説であれ、一人称小説であれ、ともかく――先に魯智深と山門の守護像の場景について指摘しておいたとおり――一元視点そのものが、きわめてスキャンダラスな形式なのだ。別言すれば、視界の制約に由来する産出性。映画では馴染みぶかいこの形式的スキャンダリズムを、つとに自家薬籠中のものと化すかたちで、ジェームズの「幽霊」が「異常心理に巻き込まれた当事者の視点」（中村）から生み出されたのだといえばよいか。……これが二つ。

三としてさらに注目すべきは、間接性の導く効果である。たとえば、一冬の謹慎後に山を下った魯智深の面貌（「腮邉新剃暴長短鬚」）が、鍛冶屋（「鉄人」）をたじろがせる箇所への夾批に、魯智深のそのいかめしい髭面を鍛冶屋の目から描くところが素晴らしいとあった（「従打鉄人眼中現出魯智深倣和尚後形状、奇絶之筆」（『全集』一‐九三頁・前章参照）。類例はいたるところに頻出するのだが、なぜそれが「奇絶の筆」なのか？　これについては「一冬も剃らなければまさにこんなものだ」（「一冬不剃、真有此状」）と添言するだけで、詳しい返答をもたぬ聖嘆に成り代わるかのように、はるか後年、『文学論』の夏目漱石が「間隔論」の一章を設けている。「話者」の概念を欠く分やや混乱ぎみながら、スコット『アイヴァンホー』（一八一九年）二十九章を引用し、〈「記事」（出来事）F—「著者」（話者）N—「読者」L〉の関係様態を分析するくだりは、近代日本の文芸理論としては抜群の冴えを示して、同著の白眉をなすものだが、漱石の図式を（用語をアレンジして）われわれの文脈に引き寄せれば、城下の戦闘の様子を病床の主人公（アイヴァンホー）に伝える佳人（レベッカ）が「視点人物」Pとなる。このとき、〈F—N—L〉間に作り出されるPは、介在項として〈F—L〉の「間隔」（距離）〈F—P—N—L〉を大きくするかにみえて、じつは、それを縮めるのだというのが、漱石のエッセンスである。なぜなら、読者はそのとき「視点人物」と「話者」に同時従属的に同化しているからだ（P＝N＝L）。「遂に著者と同平面、同位置に立つて、著者の目を以て見、著者の耳を以て聴くに至るが故にレベッカと読者の間に一尺の距離をも余す事なし」というのはそれを指している。すなわち、遠ざけながら、近づけること。結果、読者「吾」を「記事そのものの中に闖入」させ、媒介項Pをもたぬ「正叙」の場合にくらべ、読むことにいっそうの「白熱」を導きうること。それが「視点」描写の間接性が産出する独特な遠近法であると、そう説くかにみえる画期的なくだりで、漱石はさらに、『アイヴァンホー』の一節と「暗合する」場景として『春秋左氏伝』の「焉陵の戦」を引用する。その上で、この「間隔法を度外にして」いくら賛辞を連ねても、一文の「妙所」には届かないと記す論者はそこで、『水滸伝』の次のようなくだりを指呼して、議論をさらに広げることもできたはずだ。

その場で楊志と索超の両人は五十余合まで闘いましたが、勝負がつきません。露台の上の梁中書はこれを見て茫然自失、両側の将校たちは見て喝采の絶えることがありません。陣にいる兵士たちは顔を見合わせながら申します。「おれたちは長年兵隊をやっているし、何度か遠征に出たこともあるが、こんな好一対の好漢の戦いは見たこともないぞ」。李成と聞達は将台の上で絶え間なく見事な戦いだと叫んでおります。聞達は心中二人のうち一人が傷つくのではとばかりが心配になりまして、急ぎ伝令官を呼び寄せると、令字旗を持って引き分けさせます。

右は、聖嘆本十三回、北京大名府の演武庁練兵場で、楊志と索超とが延々と互角の勝負をするさまを呆然と見つめる長官・梁中書をはじめ、居合わせた将軍、役人、兵士などが固唾をのんで眺めている場面だが（訳文・『詳註』二－二二四頁）、聖嘆はこのとき、次のような眉批を書き入れている（同二二五頁）。

> この一段は練兵場に満ちる人々の眼がすべて両人の身に注がれていることを描くが、実は作者の眼が練兵場に満ちる人々の身に注がれていることには気がつかない。作者の眼が練兵場に満ちる人々の身に注がれていると、そのまま読者の眼は知らぬ間に両人の身に注がれることになる。まことに筆墨というものが生まれて以来、未曾有の文である。

二百五十年ほど先だって、聖嘆はここで漱石と同じポイントに着目している。むろん相違はある。漱石の例にあっては、「眼前の戦」（傍点原文）が「レベッカ」の目を介して「読者」に伝えられていた。対して、『水滸伝』が描いているのは「両人」の戦いぶりではなく、それを見ている「人々」の様子（茫然自失、喝采、感嘆、感心、心配）である。ここでの要は、その様子を見る（読む）うちに、読者の目が（「作者の眼」を経由して）「知らぬ間に両人の身に注がれる」移動それ自体であって、向けられた先にある光景ではない。さらに、同一対象を前にした視点の〈単数／複数〉の相違も見逃してよいものではないが、この場では肝心の一点にのみ絞っておく。ポイントは、視点人物（「レベッカ」「人々」）の介在に誘引された「読者の目」にある。

このとき、再現／産出の対立は改めて二方向の、明らかに異なった選択の所在としてきわだってくる。テクストを人生に近づけるか、読者に近づけるか。

逐一取り上げるには及ぶまいが、「読者」は聖嘆評のいたるところで問題にされている。曰く、読者をじらす、はらはらさせる、驚かせる、読者は知らぬ間に、読者はそう思うだろうが、……等々。前章にみた遅延効果も、乾浄化も、「間」の呼吸（「一噸」）も、楊志の「氈笠」の意義も、「文法十五則」にいう「横雲断山法」も、その宛先は「読者」であり、実際、これまで縷々指摘してきたように、金聖嘆は「読者」の一語を散文分析の掛金とした最初の理論家といってよく、その意味で、厳密にはその意味でのみ、本章はいま彼の批評の「近代性《モデルニティ》」を論じているものであるが、一語はここで、いわばカント的な含意をおびてくる。すなわち、みずからの成立条件それ自体を思考や創造の対象となす「近代」。文学にあって、「読者」はその最たる条件にほかならない。一般的には、印刷を媒介として作者と読者とが〈一対一〉で向きあい、互いが協同しあるいは離反しうる関係性が「近代」的な読書空間の証とされるが[6]、このとき、むしろ次のように考えるとよい。テクストを読者に近づけるとは、テクストを自らの条件に近づけることの別称となるのだ、と。近づけて、読まれているというその条件に固有の特性や作用を虚構化すること。

それは、聞かれるそばから消えてゆく口頭語による講釈にも、もっぱら視聴覚に訴える演劇にも求めがたい所与として書く者を刺戟するのだが、そのようなものの一例として、小説作品における近接と類似の関係があった。高座でも舞台でもなく、紙の上で近づきあったものはやがて類似し、類似したものはすすんで近づきあう。そのようにして、楊志は林冲と同じような厄災にあい、「行者」に身をかえた武松は、「花和尚」魯智深のいる二龍山を目指すといった成りゆきが体現するテクスチャルな「注定」についても、そのつど指摘してきたとおりである。

同じ光景やモチーフがページを隔てて「正犯」「略犯」的な反復として何度もあらわれるのも、それがまさに書かれて（読まれて）あるという条件に起因する。「みなさん、よく覚えておいてください（「看官牢記」）」という講釈的常套語が小説『水滸伝』においてはじめて本質的な意味をもつのは、書かれてある以上——聴いたばかり観たばかりのものにたいする連続的な健忘症を受容の本質となす講釈や演劇とは異なり——それが「看官」(「聴衆」・「観客」→「読者」)の「牢記」に、別言すれば、その随時随意の確認＝再読にどこまでも耐えうるからである。子弟に『水滸伝』を「反覆細看」させればやがてどんな書物も「破竹」の勢い読破できるという名高い一節(「読法」)をはじめ、金聖嘆がことあるごとに精読再読を促すのも、テクストならではのこの条件に過敏な「読者」を育てるためであった。その模範的「読者」の名にかけて、『水滸伝』にはらまれていた種々の特性・作用を「文法」の名のもとに(「文法」なる概念それ自体を作り上げながら)顕在化してみせた金聖嘆に倣い、四百年近く遅れた「読者」たる本書が指摘したのも、いわば潜在的なものの顕在化として、〈講釈→雑劇→小説〉という自らの生成条件たる〈三〉を組成原理となして形づくられてゆく作品の様態にほかならない。

ところで、アンリ・ベルグソンの定義にしたがえば、創造とはまさに、そのようにして潜在的なものを顕在化する動きの別称となる。

金聖嘆の批評のうちに、その別称性を探ること。それが本書全体を基礎づけていることは、大方すでに察せられていようが、そのためにも、ここで事の発端に立ち戻り、これまで断片的に指呼してきた著述家を改めて招致して無駄ではない。聖嘆に先んじて『水滸伝』に注釈を施してみせた李卓吾(李贄・一五二七―一六〇二年)が、それである。

童心／文法

金聖嘆は、王朝交替期の混乱のさなか、新たな県令にたいする弾劾運動（呉県「哭廟抗糧案」一六六一年）に加担したかどで投獄・処刑された。この聖嘆より一世代年長の李卓吾も、人心惑乱の罪で誣告され、投獄された牢内で自殺した人物である。その王学（陽明学）左派的な事績は、一六世紀後半の中国に傑出した思想家として、聖嘆以上に人目を惹く矯激な言動とともに周囲に大きな影響をもたらす。一般的な所見に即せば、洋の東西を問わず、勃興期の市民社会に特有の熱気を背景に、自我の解放、本能の肯定、欲望の充足などを庶幾して、さまざまな慣例を覆し価値を転換する大きな動きがあり、その雄として、彼方にたとえばジャン＝ジャック・ルソーがあれば、こなたにはつとに李卓吾があらわれ、「童心説」を掲げることになる。

そもそも童心とは真心のことで、もし童心を不可とするなら、これは真心を不可とすることである。

そもそも童心とは仮偽なくして純粋に真なるもの、最初の一念の本心である。もし童心を失却すれば、つまりは真心を失却すること、真心を失却すればつまりは真人たるを失脚することに他ならぬ。人でありながら真でないのは、「初」が全然ないということ。童子は人の初め、童心は心の初めである。

（「童心説」・溝口雄三訳『焚書』三）

ところが「童心」は、長ずるにつれて身につける「道理・聞見」によって失われてゆく。いたずらに物を知ることは「真心」を失うことだという、この観点は、確かに、ルソーがあらゆる人間にみいだす「純粋に真なるもの」すなわち、国家に譲渡し社会との契約関係にはいる手前の「自然状態」（根源的無垢）に通じるわけだが、この立脚点から、李卓吾はとうぜん、ひとつの作品も、作者の「童心」とのかかわりから評価することになる。「天下の至文」はみな「童心」から生ずる（「天下之至文、未有不出於童心焉也」）。ゆえに、その経路が刻印されているのなら、文言も白話も、題材の雅俗も、時代の先後も、ジャンルの優劣もないという価値転覆者は、現に、中国の文芸批評史上における大胆な試みの先駆者として、士大夫＝読書階級が歯牙にもかけなかった白話作品に大きな評価を与え（「詩が何で必ず古詩選の如くでなければならず、文が何で必ず先秦の如くでなければならぬことがあろうぞ」・同右）、小説作品にはじめて評点を施してみせる。その代表的な事例が、聖嘆の七十回本に先立つ容与堂『李卓吾先生批評忠義水滸伝』百回本だが、百回本はじつは七十回本の後から作られた「悪札」だという聖嘆の詐弁にかかわらず、当の後進にたいする先進の影響は明らかである。改めて断るまでもなく、聖嘆は李卓吾と同じ前提から同じ流儀で『水滸伝』や『西廂記』の価値を高唱し、評点を施しているからだ。

その評語に、「画」「妙」「是」「痴」「胡説」といった寸言を踏襲するのみならず、の造形にかんしても、同じく「短気」な豪傑たちを各自の「気風」にそって「少しの狂いもなく」描き分け、「姓名を見なくても、事実を一目見るだけで誰それだとわかる」（三回回末評・『詳注』一‐一七二頁）と称賛した李卓吾のひそみにならうかのように、聖嘆は、ともに「粗鹵」（粗忽）でありながら、魯智深のそれは「性急」、史進は「少年任気」（気まま）、李逵は「蛮」、武松のそれは他人の掣肘を寄せつけぬ「豪傑」気質、阮小七のそれは「悲憤」に発し、焦挺は「気質が悪い」といった言葉を書き込む（「読法」）。みずからが「童心説」の主であるかのごとく、聖嘆はまた、魯智深の乱暴狼藉のうちに「仏心」の種を認め、武松を「天人」と呼び、李逵の「天真爛漫」を言祝ぐ。作中人物たちにむけた掛け声として、その言動についての感想や激励や皮肉を差し入れる呼吸も、すでに李卓吾がやってみせたところである。

むろん、かかる類似をふくんだうえで、『水滸伝』の作者を施耐庵・羅貫中とする李卓吾とは意図して別途に出て、作者から羅貫中を弾き出す聖嘆七十回本は、何よりまず、その評語量の圧倒的な差において、面目を誇示する。各回の回末評に、眉批、夾批の総量が（目算のかぎりだが）本文の文字数に匹敵する聖嘆本では、ほとんど一行一句ごとに批が加えられるに近い壮観を呈しているが、百回本の李卓吾評[7]は、各回末の短文と本文に散見する寸言寸評にとどまっている。

内容面でも、彼此のきわだった相違として、聖嘆が百回本から「忠義」の一語を（本文自体の「腰斬」と相即に）削り取ったことは繰り返すに及ぶまいが、李卓吾の解釈においては、「元の日を生きながら実は宋の事を憤ってやまなかった」施耐庵・羅貫中の主眼は、現実の歴史とは逆に夷狄を討伐し、「宋朝」への「忠義」を捧げた「強盗ども」を描くことで鬱憤を晴らすにあり、宋江はその「忠義」の最たる体現者となる（『忠義水滸伝』序・『焚書』）。対して、『水滸伝』の作者・施耐庵には腹にひとなめの「宿怨」もなく、一編は「飽暖無事」の日々のなかで心を拡げおもうさま筆を弄した著述だという聖嘆は、同時に、宋江を最悪の偽善者とみなし、彼への批言のほとんどが筆誅の感を呈することになる。梁山泊一統にかんしても、「強盗」はあくまでも「強盗」として終わらせるべく、「招安」前で本文自体を断ち切ってみせたというわけだ。「童心説」に与しながらも、ゆえに読書は敵だといわんばかりの先達の極論にたいして、後進は、「才子」教育的な観点に居直りその「破竹」の効用を強調し、「反覆細看」の重要さを説く。およそ、こうした大きな対立を背景に、少し目をこらせば、いくつもの対蹠的な評言が随所に認められるわけだが……相違はしかし、ここでは類似と同じ次元に見いだされている。ひとりの人物を褒めるか貶すかは、見方次第でいつでも逆転可能であるからだ。その意味では、「金聖嘆は既に李卓吾が準備していた基礎の上に立ち、小説批評を完成させたと言うことができる」(小松建男「李卓吾と金聖嘆」・本書二章註2)。

ただし、問題はこの先にある。すなわち、両者間には一方で「基礎」そのものの決定的な相違がはらまれてあり、前節末に継ぐなら、それが両者における「近代性」の質にかかわることになる。たとえば、楊志が登場する回の回末評に李卓吾はこう書き込んでいる。

卓吾曰く、楊志は国家にとって有用の人材なのに、高俅が彼を用いることができなかったばかりに、宋公明（＊宋江）に用いられることになってしまった。小人がすぐれた人物を妬むことが、国家に大きな害を及ぼすことがわかる。

（「百回本」十二回・『詳注』二-二〇三頁）

対して、金聖嘆に促されて本書が幾度も目にしてきたのは、偶然の通行人として、林冲の旧梁山泊入りのきっかけをなした楊志である。その林冲同様、「刀」の厄災として同じ高俅に迫害された結果、人を殺めたのも彼であれば、梁中書に拾われ、後に仲間となる二人の武将との御前試合の腕を見込まれ、新梁山泊の核となる晁蓋ら一統を引き寄せた生辰綱の責任者に任じられたのも楊志なら、責任を全うできず官を逐われた後たまたま知りあった魯智深とともに二龍山に落草したのも彼である。そこには、やがて武松がやってくる。そうしたいくつもの関係の結び目を担いながら、楊志はつまり、「国家」ではなく「テクストにとって有用な人材」なのだ。このとき、楊志は一個の登場人物として魅力的な「人」であると同時に、よくできた「機能」となる。

念のため、酒禁を破った最初の騒動以来、魯智深は三、四ヶ月のあいだずっと寺門を出ようとしなかったという一句を改めて想起しておこう。聖嘆は、この謹慎は破戒僧の反省を表したのではなく、構成上の配慮として二度目の騒動を遅らせ、同じ事が「立て続けにならないようにしているのだ」と評していたが、同じ一句に、李卓吾は一言「腐」(インテリくさい)と批を夾んでいる。同じく、史進故事の一齣、史進と義を結んだ山賊二人が追っ手の役人をあっさり斬り殺してしまうくだり。聖嘆はそこに、とくに殺す必要もないのだが、「殺さなければ追いかけてくるはずで、手間がかかるから、描写をすっきりさせた方が良いのである」と注していたわけだが(『評注』一 - 一三五頁)、李卓吾はこの殺害を咎めてひとこと、「不可」(いけない)と書き入れている。同じくだりが、一方には技術的な、他方には道徳的なポイントとしてきわだつわけだ。

もう少し複雑な例もある。

高俅の罠にはまり罪人となった林冲が、滄州の牢城まで護送される途次、薛覇と董超という護送人によって殺されかけた命を魯智深に救われる場面に、それは連続的にあらわれている。高俅の意をうけた陸謙は、二人の護送人に大金を示し林冲殺害を依頼する。ためらう相方を薛覇が説得し、「野猪林」で実行に移そうとする刹那、いきなり「鉄の錫杖」

が飛んできて魯智深が飛び出し、護送人を打ち懲らしめて林冲の縛めを解く。そのさい、林冲との一別以来、二回分ほど作品から退場していた魯智深は、その後からいまに到るまでの経緯を語り聞かすのだが、魯智深の台詞によるその回想のはじまりに、聖嘆は「彼が前の欠けていた内容を補って述べる叙述を挟み込んでいる点にご注目」と眉批を付し、回想の末尾が、回想を口にしている現在時に追いつく点（……だから「こいつら二人を殺せばちょうどいいってもんじゃないか」）をさして、「やっと自分のいまのくだりにたどりついた」と評する。対して李卓吾は、高俅の意に添わんと相棒を説得する打算的な薛覇に腹を立てて「可殺」（殺してしまえ）と批を夾み、魯智深の台詞を喜んで「その通り」と囃し立てていた（『詳注』二・六七、六八頁）。その後、魯智深は薛覇らを顎で使いながらしばらく護送に付き添い、別れぎわの威嚇に、「錫杖」で松の木を一本折り倒して去ってゆくのだが、その強力に唖然とする薛覇らに語って、林冲は、魯智深とはじめて出会ったおりの「柳」の一件（相国寺の菜園に赴任した魯智深は土地のごろつきの前で、柳の木を根こそぎ素手で引き抜いてみせた）を持ち出して、「錫杖」の主の正体を護送役人らに知らしめることになる。その林冲を咎める李卓吾は、「痴子不済」（馬鹿役立たず）と夾批を入れ、眉批に「魯智深はもちろん恐れはしないが、こいつらに知らせなくなくてもよかろう」と記すのだが、その先達をあからさまに意識する後進は——別れぎわの「松」と出会いしなの「柳」との、「遙かに」ページを隔てた呼応ぶりを賛して——次のように注してみせる。

ここまで来てやっと前の文に遙かに答える。まことに奇情自在の筆だ。わかっていない者は逆に林冲が秘密を洩らしたと責めるが、これは失笑ものだ。（同右、七四頁）

要するに、虚構内容に主眼を置く先駆者の後を襲って、後進は——ある種の邪気をふんだんに湛えて——虚構内容と叙述形式との相関性を視野に収める。両者の相違をそう換言することができるわけだ。もっとも、作中人物それぞれの個性を彷彿させる人物描写を絶賛する二四回回末評に、読んでいて「いわゆる言語とか文字とかいういうものの存在を意識することがない」（『詳注』四・二二八頁）とまで極論する李卓吾の批評にも、叙述形式への意識が皆無だというわけではない。ごく稀にそれは記され、彼はたとえば先の御前試合の場景、楊志・索超の熱闘をほめる兵士たちの言葉に寄せて、当事者ではなく第三者へと筆をずらすその一句を「よい挿入」と評していたが（同右・二二五頁）、先にみたとおり、同じ箇所をあつかう聖嘆はそこでもう一歩踏み込む。踏み込んで、この兵士をふくむ見物人たちへの「視点」移動の効果を分析してみせたわけだが、それが「よい挿入」となるための所与として見いだされていたものが、「読者」であったことになるわけだ。

再記すればすなわち、テクストをその「読者」に近づけるか、「人生」に近づけるか。李卓吾によれば、「人生」に近づくには、「言葉」も「文字」もその媒介的な存在性を能うるかぎり透明化しなければならない。対して、「読者」に近づけるには、聖嘆が媒介自体に就いて一種虱潰しに指摘してみせたさまざまな形態や特性が、つまり組成技術が不可欠なものとなるわけだが……このとき、「人生」に近づこうとするテクストの姿勢が一般に「写実」と呼ばれることは、誰もが知るところである。その「写実」に主導された作品群が「近代文学」と規定されがちだが、その規定に飽きたらぬたとえば中野美代子は『中国人の思考様式』(一九七四年)の冒頭で、「中国の近代小説とは何か」と問いながら、小説は「密室の作業」だと書いたアルベール・チボーデの「認識」(『小説の美学』)から、それを「発展」させた伊藤整の規定についてこう書いている。

この認識をより発展させ、作者が密室で小説を書き、印刷を媒介として読者が密室でそれを読むという作者と読者との一対一の関係が成立したとき、すなわち近代小説が成立したのだと言ったのは、伊藤整（『小説の方法』）である。

妥当な視点である。現に、同じ関係を、前田愛は「近代社会」における「黙読」の成立に求め（『近代読者の成立』一九七三年）、先んじて、よりラディカルな視界をもつ外山滋比古は、「作者」と「作者」への隷属から独立した「近代読者」との競合関係を（歴史的であると同時に原理的なポイントとして）指摘することになる（『近代読者論』一九六四年）。だが、先述に寄せていま少し厳密にいえば、「一対一の関係」において「読者」は、協同的なあるいは反抗的な相方である以前に、「作者」自身の条件なのだ。読まれなければ、いかなる「作品」も現出せず、したがって「作者」は存在しえず、同じ条件下で、われわれはいまも読みつづけているからだ。先に一言したように、カントに由来する周知の規定にあって、みずからの成立条件それ自体を思考や創造の対象となしうる時空が「近代」と呼ばれる。文学にあって、「読者」はその最たる条件にほかならない。その意味で、正編を読んだという「読者」を続編に登場させ、テクストの虚構性それ自体を主題化した『ドン・キホーテ』（一六〇五、一六一六年）は、確かに西洋近代文学の祖であり、作品成立条件たる「話者」を方法的スキャンダルとして作中人物化した『トリストラム・シャンディ』（一七六〇―六七年）における語りの虚構化がこれに続き、前掲小著に縷説したごとく、これらに先だって、自らの母体たる講談を積極的に模倣しながら、そこから離脱する小説『水滸伝』があらわれる。そして、その小説における「読者」の存在に着目した金聖嘆が、近代文芸批評の嚆矢として、今日の「読者論」や「異化理論」の域にまで届き、ある場合、それらを越えかけているというのが、「「視点」の技法」の「近代性」（中村真一郎）から始めた本章の主意となるわけだが、『水滸伝』の「離脱」性とはこのとき、「創造」のベルクソン的な異称となる点をもう一度強調してもよい。すなわち潜在的なものの顕在化。「創造」とは、未知未聞の何かを生み出すことではない。むしろ、誰の目にも触れているものから未知の表情を引き出すことだ。そのようにして、まず、二百年近くものあいだ（講談や雑劇の場で）広く人々の耳目になじんできた口話文芸を、『水滸伝』なる書字作品に作り替えた「才子」があり、そこからさらに、書かれたテクストに潜在する固有の性格を現勢化する金聖嘆の創造＝批評があらわれる。

　もとより、聖嘆批評の様相は、定義の問題に収まりきるものではない。繊細な蛮行ともいうべきその様態にさらに語り寄るためには、逆にまた時代を下って、一時を眺め返す必要が生ずる。そこではたとえば、聖嘆の後継者を自認して同じ流儀、同じ体裁で『金瓶梅』(『皐鶴堂批評第一奇書金瓶梅』一六九五年)を編纂・批評した張竹坡などの検討が有益なものとなるのだが、この点は次章にゆずる。いまはさしあたり、誰もが予想だにしなかった流儀で「人」そのものの条件を明るみに出した比類ない書物の一句をかりて、本章の結語を得ることにする。

われわれがかならずしもそこから抜け出していない近代性(…)

(ミシェル・フーコー『言葉と物』)

では、本邦今日、われわれの文芸批評は、金聖嘆からどれほど「抜け出して」いるだろうか?

註

（1）《だから主人公は自分の心持並びにその心持に関連して来る事柄丈けを分つてゐるが、主人公以外の人物の事は、主人公がその人物の言葉なり、こなしなり、表情なりによつて判断若しくは想像するより仕方ない。さういふ考で作者はその主人公の世界を書いて行く、これが一元描写の肝腎な要点である。》

（岩野泡鳴「一元描写とは？」一九一九年）

この描写法はつまり、われわれが人生を生きる「その状態をそつくり小説の世界に移し」たようなものではないか。右文はそう続いているが、この文章の前年に掲げられたマニュフェスト的一文の題名は、「現代将来の小説的発想を一新すべき僕の描写論」。泡鳴はそこで「ここに感づいてゐるものは」「殆どいないのだ」と書き、右文でも「かういふ細かい描写論は、外国にはなかつたことである」と嘯いているが、逆もまた真。彼は、同時代に、『使者たち』について、ほとんど同じ事を書いているジェームズがいたことを知らない。

さらに、中村の絶賛するその『使者たち』をふくむヘンリー・ジェームズの晩年三部作と、「樺太で自分の力に余る不慣れな仕事をして（…）、殆ど文なしの身になつて、逃げるが如くこそ〳〵と北海道まで帰つて来た田村義雄だ」と主人公がいきなり登場する『放浪』に発する泡鳴の五部作（『放浪』『断橋』『発展』『毒薬を飲む女』『憑き物』一九一九―二〇年）とのあいだには、大小あまたの相違がある。われわれの用語では、両者はともに「三人称一元」描写の範疇に収まるのだが、前者を鼓舞する執拗なまでに思わせぶりな「黙説法」と、異様に長い（時あって幻覚的な）対象描写にからむ「内面」性は、後者の五部作にはもっとも無縁のものである。『使者たち』の「視点」を担うストレーザーが、そこで何をどう感じているのか、しばしば積極的に曖昧であるのにたいし、泡鳴の主人公・田村義雄は如上あけすけに傍若無人である。だが、両者の「構造」が同一である点は動かない。この点、故意か偶然か、当代有数の読書家の評文に、この泡鳴の名がみえぬのは一考にあたいする。

（2）散文小説におけるこの「技倆」、すなわち三人称多元の焦点移動にたいして、子規が同時代に傑出して敏感でありえたのは、「水滸伝と八犬伝」（一九〇〇年）と同じ年に俳句・短歌につづく散文改革として提唱した「叙事文」（「写生文」）の要が、「写生」句の場合と同様、逆に、一人称的な制約を必要としたためだとおもわれる（小著『リアリズムの構造』参照）。

ちなみに、その子規の後継者の一方に碧梧桐があって、「写生句」の極端な私小説化として「無中心論」を提要する。対して、一方に虚子があって、当初から、俳句を三人称多元小説的な「神の視点」にも開き、その延長に『三畳と四畳半』（一九〇九年）などのユニークな「写生文」を残すという柔軟な姿勢を示している。

付けて、「水滸伝と八犬伝」の二年前から死直前（一九〇三年）まで子規病牀の机辺で毎月つづけられた蕪村句輪講。たとえばそこで碧梧桐は、蕪村句「尼寺や能き蚊帳垂るゝ宵月夜」について――例外的に鳴雪宅で開かれ、当夜は不在の子規の立場を代弁するかのように――「この句は作者の地位が不明」であり、もし「垣の外から」見ているとすれば、「よい蚊帳」かどうか、「宵月夜」とはいえ夜目にはっきりわかるわけがないと難ずる。これに抗し、虚子は「作者は造物者の如きものと見ればよからう」と擁護している（「蕪村句集講義」一九〇一年一月・『子規全集』第十巻三八六頁）。

（3）ちなみに、佐藤一郎による七十回本翻訳（集英社版「世界文学全集」8・『水滸伝』II／一九七九年）では、同じ箇所は次のように訳されている。

《（…）松鶴軒の前まで来ると、窓のなかからだれかのなにやらお経をあげる声が聞こえてくる。李逵がよじのぼり、窓紙をつき破りのぞいて見ると、羅真人はただひとり、さきほどの雲牀に坐っている。その前の卓上にはお香が立ちのぼり、二本の蠟燭が明るく輝いている》二四八頁）

ご覧の通り、「なにやらお経をあげる」は金聖嘆の書換にしたがっているが、「雲牀」は（聖嘆のいわゆる）「俗本」ママ、「お香が立ちのぼり」は、いくぶんか聖嘆書換に反応するも「烟煨煨地」の凄みは消されている。訳文は総じて、聖嘆書換の「異化」性を薄める方向に講じられている。

佐藤による七十回本訳は、『水滸伝』訳文史のうえで画期的な意義をもつ。集英社版「世界文学全集」7巻8巻の背表紙の作者名に「金聖嘆」とある点が象徴するように、佐藤ははじめて、金聖嘆の意義を即物的に顕彰した訳者である。七十回本の「作者」はまさしく金聖嘆であるからだ。わたしは、この点に敬意をいだく者だが、その佐藤にしてこの訳文であることは、いかささか惜しまれる。

（4）佐高春音「金聖歎本『水滸伝』の批評に見える「眼中」について」・慶應義塾中国文学会報二〇二〇年
https://koara.lib.keio.ac.jp/xoonips/modules/xoonips/detail.php?koara_id=AA12810295-20200329-0040
聖嘆による「視点人物の確定は、全能の視点を持つ講釈師の語りの模倣という枠組みから白話小説を解放するための試み」であるとみなす小松謙の問題意識（『水滸伝と金瓶梅の研究』）に反応したこの論文には、七十回本全体から「作中人物の眼中に関わる批評」三十九例を丹念に拾い上げた詳細なリストが掲げられ、参考になった。なお、本章の文脈にあわせ、訳文の一部を改めたことをお断りする。

（5）ごく単純な一例を『水滸伝』から拾うなら、王進が退場した直後に、史家村の若き当主・史進と事を構えてかなわぬと知った二人の山賊（朱武・陽春）が、「両目に涙を浮かべて」降伏するくだりがある（二回）。そこで、「撃着両眼涙」とある原文の「両眼」を、聖嘆は「四眼」と書き換えている（『詳注』一‐一一八頁）。確かにそのほうが、二人の人間が落涙するさまにかなって、いっそう「真」（2×2＝4）であるが、あまりに「真」であるゆえに、それはかならずしも意表を衝く「異化」的な効果として、読む者の不意の哄笑を誘うだろう。

（6）たとえば、つとにまた『アメリカ小説時代』（一九四八年）のC・E・マニーは、とくにフォークナー作品に不可欠な読者との関係性を強調して、そこに「マルクス的な、協同的な文学」を見いだしている（三輪秀彦訳・一九六九年）。「生産者」になることに同意しない限り、誰ひとりとして「消費者」になることができないからだというのが、その理由である。これは、「われわれは生産者の立場ではなく消費者の立場に立つ」と書いたチボーデ（『小説の美学』一九二五年・生島遼一訳二三頁）などのブルジョワ的視界から抜け落ち、プロレタリア文学を語る日本の批評家たちが、かつてもいまも逸しがちなポイントである。

（7）『焚書』に収められてある序文や、その冒頭に明示句（「李卓吾曰く」「李贄曰く」「李和尚曰く」「李生曰く」「李禿翁曰く」等）をもつ回末評をのぞき、容与堂「百回本」のすべての夾批・眉批が李卓吾によるものである確証はない。著名な思想家の名を当てこんで「李卓吾批評」と冠された他の評点本が多くがそうであったように、この容与堂百回本にも葉昼という才人の手が入っている可能性もあるという（高島俊男『『水滸伝』の世界』）。『詳注』の小松謙が、「李卓吾」の名を慎重に避け、一貫して「容与堂夾批」「容与堂眉批」と記すゆえんだが、本章はあえて（一個の批評的判断として）その名を全面化する。同じ小説作品をめぐり、李卓吾が体現する「近代」と金聖嘆の「モダニティ」との比較を鮮明にするためである。

第四章　亜流論――『金瓶梅』と張竹坡

「どうでもよいこと」と「怪しからん事」

本来なら「天子」「聖人」にしか与えられていない書く権利を例外的に許された「才子」による作品。――それが『水滸伝』七十回本冒頭に記された「才子書」の、金聖嘆による一種粛正的な定義だが（「序一」・付章参照）、その七十回本が出版され従来の百回本百二十回本を一掃しはじめる同じ崇禎年間（一六二八―四四年）には、すでに写本として流布されていた『金瓶梅』の現存最古の版本『金瓶梅詞話』（一六一七年・通称『詞話本』）の改訂版『新刻繡像批評金瓶梅』（通称『崇禎本』）が、『水滸伝』に継ぐ名作として広く読まれはじめている。この新刻版は『詞話本』に挿絵と（正体不明の編者による）批評を加えたものだが、その流布にさいして、「奇書」という商用キャッチフレーズが考案され、当該作に先んずる『三国志演義』『西遊記』『水滸伝』をふくむ白話長編小説に冠せられることになる。すなわち、中国文学中の「四大奇書」。この呼称がいまに引き継がれてあるわけだが、この場合の「奇」はstrangeではなくrareで、「奇書」とはしたがって「他に類をみぬほどの傑作」といった意味になる。ただし、他の三作とくらべ、『金瓶梅』に冠せられる「奇」の一語は、優れた作品への一般的な美称であるよりも、文字どおり、その奇妙な実質の形容としての気味が濃厚である。そのせいか、作品は後に、『崇禎本』に継ぐ新たな改訂版の編者・張竹坡によって改めて『皋鶴堂批評第一奇書金瓶梅』(『第一奇書本』一六九五年」)と銘打たれるのだが、実際、たとえば次のようなくだりなど、他の三作はおろか、文言白話を問わずそれ以前に書かれたいかなる中国小説にも、類例をもたぬのものだろう。

言い終わらぬうちに酒と料理が出揃った。まず出されたのは前菜やくだものの四皿。それからまた出されたのはつまみの四皿——赤くてつるつるの泰州産の家鴨の卵。くるりと曲がった遼東産の小海老は胡瓜と和《あ》えて。ぷんと香り立つ骨付き肉の炙り揚げ。肥ってまるまるした鶏の肉を割いて干しておき漬け蒸しにしたもの。二巡目におかずがこれまた四椀——一椀は蒸し器にかけた家鴨。一椀は水晶の煮凝りをまとう豚足。

一椀は豚肉の蒸し煮。一椀は手早く炒めた豚の腎臓《まめ》。それからやっと、表裏ともに染め付けされた白地の磁器の大皿に盛られて、赤くかぐわしい鮒魚の柳蒸しが出されたが、香り高く美味で、口に入れれば溶け、骨までみな香る。西門慶は菊の花をかたどった小さな金杯に蓮華酒を注ぎ、伯爵の相手をして飲んだ。

（田中智行訳『新訳金瓶梅』三十四回）

周知のとおり、『金瓶梅』は『水滸伝』から派生した作品である。同じく『水滸伝』に発する陳忱『水滸後伝』（一六六四年）は、本伝の後日譚として、梁山泊の残党二十数名が「暹羅国《シャム》」（実際は台湾か澎湖島）に再結集するまでの経緯を描いている。比して、『詞話本』「跋」文に嘉靖年間の「さる大官」（筆名「笑々生」）と示された人物によるこの作品は、『水滸伝』世界のいわば反転的な並行世界としてあり、そこでは、運良く武松の鉄槌から逃れた潘金蓮と西門慶のその後十年間にわたる淫欲まみれの日常生活が、綿々と綴られてくる。町の薬屋から成金大富豪となった西門慶は、やがて金ずくで相当の官位と山東省の司法・警察を担う役所の副長官（理刑）の地位を手にいれ、賄賂がらみ大小の悪銭をむさぼり悪事をはたらく。金も宝石も米も腐るほどあるこの官商の広大な屋敷内には、潘金蓮をふくむ六人の妻妾が何人もの女中や小者らとともに住まい、西門慶を頭とした遊び仲間が「十人組」の「義」を結んで行き来する。右は、念願の官位官職と跡取り息子・官哥を同時に得た年――『水滸伝』百二十回本の年立てに寄せれば、祝家荘を攻め落とした梁山泊一統が高唐州に矛をむける年――「十人組」の小頭株・応伯爵と、さっそく裁判がらみの奸計を謀るおりの会食場面だが、食事にまつわるこの手の細密描写は、作品の随所に書き込まれてくる。

のみならず、あからさまにホモソーシャルな『水滸伝』には徹底して排除された女性的なもの（衣服、靴、アクセサリー、什器、裁縫仕事、さまざまな室内遊戯、細かな金額）などの詳細が、食事場面と同様に同じ細密さで頻出する。(1) 住居や庭園の詳述がこれに準じ、「衣」「食」「住」にわたるその細微さは、簡約版の訳者・村上知行に「冗長も冗長、いらん文句ばかり並べ、同じことを飽くことなしに反復した本」（『ザ・金瓶梅』一九八八年「あとがき」）と書かしめることになる。

これが『水滸伝』であれば、同じような食事場面が「三人それぞれの座につくと、給仕をよんで、野菜・つまみもの・海魚・酒の肴などをとりよせた」（駒田信二訳・三十八回）と簡潔に処理される。この点を指摘する日下翠は「『水滸伝』の読者にとっては、食事の皿のひとつひとつの中身まではどうでもよいことである」と書き、「物語の筋には無関係な描写」の夥しさを——右の村上、および他の多くの論者たちと同じく、真っ先に——指摘するのだが（『金瓶梅』一九九六年）、他方、同じ場所には、『金瓶梅』の表看板ともなる露骨な性愛描写、鷗外『雁』（一九一三年）にいう「怪《け》しからん事」の数々が、同様の細叙性とともに犇めいてくる。

> （…）中にも金瓶梅は平穏な叙事が十枚か二十枚かあると思ふと約束したやうに怪しからん事が書いてある。
> 「あんな本を読んだ跡だからねえ、僕はさぞ馬鹿げた顔をして歩いてゐただらうと思ふよ」と、岡田は云つた。（『雁』）

ちなみに、煙消久しい『詞話本』が山西省で発見されたのは一九三二年。今日にいう『金瓶梅』はすべてこの『詞話本』を指しているが、それ以前に人々が手にしていたのは改訂版、ことに『第一奇書本』である。右の岡田が読みふけっていたのもどちらかの改訂版であるが、「僕」の手に入れたその「唐本の金瓶梅」を縁に、同じ下宿ながら疎遠であった二人の医学生は親交を結んでいた。そんなある日、隣室の「僕」から借りたそれを半日読み通したあげく「頭がぼうつとして」散歩に出た岡田は、道すがら、無縁坂のなかほどに住まう「窓の女」お玉と初めて言葉を交わし、それが「物語」の大きな節目となる。このとき、この岡田と、高利貸の「囲者」お玉との実らぬ恋を主軸となす作品の発端と切所に資して、『金瓶梅』は小手の利いた細部となっているわけだが……それはともかく、その日、「均衡を保つた」書生生活を送る医大生を惑乱させていたのは、取り分けて、たとえば次のようなくだりだったろう（＊文中の「淫婦」潘金蓮は「淫薬」を「牝中」に塗りこまれている）。

> 淫婦の口からは、下品きわまる言葉もお構いなしに叫びたてられるのだった。西門慶は一たび始めたならば三、四百回は保《も》つ男。うつぶせで両手を床《とこ》にしっかりつくと、身を反らして力いっぱい、迎えるところに持ち上げていたし、脛《すね》まで引き抜くとまた根元まで送り込むのを、さらに百遍あまりも繰りかえした。下にいる女はひっきりなしに、牝中の唾をハンカチで拭ったが、拭うほどに溢れるため、褥《しとね》はすっかり湿ってしまった。西門慶のぶつは、稜《かど》まで埋もれては頭を出し、往き来したり留まったりと

せわしなくしていたが、そこで女に言うには、
「老和尚の鐘つきってのをしてみるぞ」
とつぜん身を反らせて前にただ一送すれば、差しこまれたそいつはまっすぐ牝屋《びんおく》に達した。牝屋とは、婦人の牝中もっとも深い場所にある室《むろ》のことで、花の蕊《しべ》をつぼみがおおったような肉のつくりになっている。ここに到ると、男子の茎の首《こうべ》は押し曲げられもせず、やすらぎに包まれ、心地よさは言葉にならないほどである。

（『新訳金瓶梅』二十七回・傍点訳文）

この手のきわどい緻密さをも厭わぬ「怪しからん事」が約束事のように反復され、その反復の合間合間に綴り込まれる（毎回「十枚か二十枚か」の）「平穏な叙事」の、やはり少なからぬ場所が、「どうでもよいこと」で埋め尽くされる。あえて主客を転倒して換言すれば、そうした「細部」の合間を縫うように「物語」が紡ぎ出されること。それが『金瓶梅』の大きな特徴であるといって過言でないはずだが、その特徴が改訂版ではかなり薄められることは、急いで付言しておかねばなるまい。『崇禎本』でも、これに基づく張竹坡の『第一奇書本』においても、「どうでもよいこと」の少なからぬものが削除され

てくるからだ。

このことは、『詞話本』が発見されてはじめて明るみに出たことだが、ある試算[2]によれば、『詞話本』にあっては、「衣」「食」「住」のうち、女性たちの衣装の色やデザイン、装飾品など「衣」にかかわる細述箇所は六十三、「食」にかかわる先のごとき細密描写は二十六、庭園や屋敷の間取りなどの「住」は十六箇所に及ぶ。このうち、『崇禎本』で削除（または、ほぼ削除）されるのは、「衣」は二十一、「食」は二十二、「住」では五箇所となる。この削除箇所は、『第一奇書本』にもほぼそのまま踏襲されるが、「どうでもよいこと」がこうして減少する（「衣」63→21・「食」26→4・「住」16→11）と、無傷のまま残された「怪しからん事」が「淫書」の表情をいっそうきわだてることはいうまでもない。一九一三年に刊行された『雁』の作中人物が手にするのは、時代からしてとうぜん『崇禎本』か『第一奇書本』だが、このとき、その岡田の目にもふれたはずの食事場面四例が、削除の大なたから例外的に逃れたのは、他の例とくらべそれぞれに「ストーリーの上での必然性が存在している」からだというのが、試算者が他の論者たちと共有する所見である。

では、当の「ストーリー」はどのように形づくられるのか？

他の作品からの借用。これが一編の組成法に顕著な特徴であることは、パトリック・ハナンの労作（*Sources of the Ching Ping Mei*,1963）このかた、論者たちが熱心に指摘するところである。現に、冒頭の第一回から六回までが『水滸伝』二十三〜二十六回をほぼそのまま踏襲しアレンジして始まる作品は、他の箇所も（各回に挿入される韻文詩詞の多くとともに）『水滸伝』から借りるだけでなく、『西廂記』『清平山堂話本』『警世通言』『醒世恒言』『古今小説』『百家公案』といった数々の白話作品から筋や着想を借用する。よくいえば自在な、悪くいえば杜撰なその借用ぶりについては、たとえば荒木猛の「「話本」と「金瓶梅」」（一九九〇年）などに詳しく、本章が依拠する田中智行『新訳金瓶梅』の充実した側注の逐一に照らすことができる。この点もふくめて約言すれば、『金瓶梅』とはつまり、その多くの部分に「どうでもよいこと」と「怪しからん事」と、さらに「借り物」をふくむ傑作といったことになるわけだが、強精剤（「梵僧の秘薬」）を飲み過ぎた西門慶は盛りの絶頂で悶え死に（七十九回）、潘金蓮も再登場した武松に斬り殺され（八十七回）、残った者らもそれぞれの因果応報にしたがって散り散りになるという「物語」の顛末も、それ自体としては異とするにたらない。「中庸」（「過猶不及」）の徳に背いた者の自業自得は、当時もいまも「物語」一般の常備食に類するからだ。名のみ近しく実は大きく異なる『新編金瓶梅』（一八一四―四二年）の馬琴が、中国版「本編」を指して「その趣向は、国俗《みくにうど》の、浮世物真似といふものめきて、巧なる條理《すぢ》は一箇《ひとつ》もなし」（「第一集序」）と記すゆえんである。

ならば、『金瓶梅』は他のいかなる側面において『三国志演義』や『水滸伝』と肩を並べる「傑作」となるのか？……この点にかんしては、まず、張竹坡の言い分に耳を傾けておく必要がある。

『金瓶梅』を読む金聖嘆？

張竹坡（名は道深、字は自得、一六七〇―九八年）、徐州生まれ。科挙には何度も落第したが、実弟道淵による「仲兄竹坡伝」によれば、幼少より記憶力に優れ、並外れた速読力で「敗葉が風に翻る」ごとき速さで『金瓶梅』を読破するや、弟にむかい「『金瓶梅』の筋立ての緻密さを知る者は、金聖歎亡きいま世に稀であるから、私がそれを摘出するのだ」と述べ、一室にこもって短期間で批評を完成させすぐに出版したという（訳文田中智行／以下引きつづき竹坡の文章については、注記なき場合は同）。それが、先にいう『第一奇書本』である。

先行する『崇禎本』から挿絵を除き自前の評を加えた一書は、金聖嘆の七十回本がそうであったように、たちまち他本を駆逐して清代に通行する。この張竹坡版は、聖嘆本さながら、「竹坡百閒話」、「金瓶梅寓意説」、「第一奇書非淫書論」、「批評第一奇書金瓶梅読法」などの前文をふくみ、このうち、最後の文章（以下、『金瓶梅』「読法」）は、やはり聖嘆の『西廂記』「読法」における八十一則とよく似たアットランダムな断章によって構成されている。右の馬琴も、「張竹坡《ちやうちくは》が評論は、金瑞《きんずい》が水滸伝の外書批評に倣《ならひ》たり」と記し、たぶんその『水滸伝』自体にちなんだか、百八箇条からなるその場所で、「読法」の書き手は果然、いわば『金瓶梅』を読む金聖嘆としてふるまっている。

たとえば、金聖嘆が『水滸伝』を俗評（「盗を誨《おし》える書」）から救ったように、張竹坡はまず、「淫書」のレッテルに抗して、「『金瓶梅』が人を誤らせる」のは読み方を知らぬ者が「自らを誤らせるのだ」と強調し（第81則―以下数字のみ）、さらに、『西廂記』「読法」七十一条を口移しに、この小説は「細切れ」ではなく数日を費やして「一気に読み終える」べきだという（52）。細切れの読書では、「淫なる箇所」にしか目がゆかぬが、「一気」に読んで全体を見渡すや、「意味のない筆」は一箇所もない（15）ような緻密で有機的な構成が浮上する。個々の「筋」ではなく全体の「筋立ての緻密さ」。それが、『金瓶梅』を「傑作」たらしめる最大の理由であると——本書の観点からもむろん首肯しうる適切さで——強調する。金聖嘆が生きてこの作品に接しえたなら、必ずやそう指摘しただろう、と。

この書の全体としての妙味は遠く離れた箇所に伏線をおくところにあり、不用意な筆や他の部分と遊離した要素はなく、これゆえに見事さは群書に抜きん出ているのである。(26)

金聖嘆がテクスト諸細部の(あえて遠くから大きくいえば、アリストテレス『詩学』の「物語」論に通ずる)有機的連関に敏感だったことは、何度も述べてきたとおりだが、彼のひそみにならい右のように記す評点家は、先行者さながら、『金瓶梅』全百回に行き渡って「二百の事件」を生み出す「対偶構成」(8)に言及し、一例として、ともに潘金蓮の手を経て武松の兄(武大)を殺めた「毒薬」と、西門慶を急死させる「春薬」との一対を特記する(91・92)。あるいは、『水滸伝』「文法十五則」にいう「夾叙法」や「横雲断山法」と同種の観点から、「ひどく慌ただしい場面に限って他の出来事が挟み述べられる」筆法を指摘する（44）。同じく、聖嘆でいえば「略犯法」的連関として、たとえば、ともに夫のいない部屋で、五番目の妻である潘金蓮がひとり「琴」を弾く場面（三十八回）と、正妻の呉銀児と六番目の妻の李瓶児が「象棋」に興じる場面（四十四回）との一対や、その呉銀児の部屋から銀の徳利を盗む小者（三十一回）と李瓶児の金の腕輪を盗む女中（四三、四四回）の対照をはじめ、作中「数え切れない」照応関係の存在を指摘する評家は、それらに「遥対」の一語をあてるだろう（9）。

人物評（32）も、梁山泊の副頭目・盧俊義を呆け気味の「驢馬」と書いた先行者と同じ辛辣さで、西門慶を「恥知らずの悪人」と呼び捨てるところに始まり……題名（『金瓶梅』）を担う三人の女性のうち、五番目の夫人として西門家に入った「潘金蓮は人ではない」。彼女の最大のライバルとなる六番目の夫人・李瓶児は「愚か者」。潘金蓮づきの女中で西門慶の手がつく勝ち気な春梅は「やりたい放題な人物」。西門慶がいまも入り浸る廓の妓女あがりで金に汚く、大所帯の家計を取り仕切る第二夫人・李嬌児は「死人同然」。西門慶の娘の使用人出身で、料理担当の第四夫人・孫雪娥は「馬鹿者」。彼女らの嫉妬や羨望や奸計の渦巻く一家にあって中立な立場をとる第三夫人・毛玉楼は「機敏な人」。諸事おっとりと奥向きを束ね、夫からも一目をおかれ、いっけん理想的な存在とみえる正妻・呉銀児は——宋江にたいする一般評を逆撫でする聖嘆を意識したか——そのじつ「狡猾で陰険な善人」(「奸険好人」)と断じられる。西門慶の娘婿で、義父なきあと、残された物語の中心を担う陳経済は「放蕩者の小人物」。使用人筋で西門慶と関係をもつ数人の女も、「身分知らず」、「補欠」、廓の妓女と「同類」。西門慶の死後、手の平を返すような薄情さで西門一家を裏切る応伯爵をはじめ「十人組」の面々はみな「良心をもたぬ人々」であるのに加え、官界の大物たる蔡大師、蔡状元、宗御史は「いずれも人と生まれたのが間違いという人々である」……といった具合となる。

これらの作中人物への作者の同化能力(「淫婦を描くときは、その身になりきり」・61)を指摘するのも、聖嘆ゆずりの観点である。作者は「百にも千にも身を変じ、様々な人物になりきって、(それにより)読者に教えを説いている」(62)のだというその「教え」の多くが、勧善懲悪的な「因果応報」の指摘となる点は、先の馬琴が、はるかに枘子定規に、また必要以上に強調するところでもある。[3]

そして、作者の同化能力についての指摘は、当の作者にたいする張竹坡自身の憑依表明と連動する。彼は、「この文字は自らが書いたものであると思えるまで読むのを止めなかった」（71）というのだ。この点も（後述する相違とともに）、金聖嘆を彷彿させるものではある。

作品精読のもたらす実践的価値の強調も、大きく引き継がれる。「巧みな文章」を作り出すための一種のマニュアルとして、そこでは……簡潔に節約された「白描」箇所（64）、次の場面への移行箇所（65）、創作上の「厄介事」を避ける（66）とともに、逆に「面倒な事件」が「楽々とした手つきで」（67）書かれている箇所、「物語が交差しているところ」（68）、筋の発端と帰結点のあいだいあって「鍵」となる箇所や「呼応する」箇所などへの注目（69）……などが促される。そのうえで作者がことに工夫した箇所を学ぶこと（70）。たとえば、①書童という西門慶の男色相手の小者は、唐突になぜ登場するか（15）。②春梅との性愛場面を他の女性たちにくらべ「ぼかして書く」（81）のはどうしてか。③李瓶児が「常に寡黙な様子」（16）によって描かれる理由。④西門慶にはなぜ、同世代のみならず上の世代にもひとりの血縁者がいない（50）のか、等々。こうした点をそのつど考えることが[4]、「巧みな文章」を読むことのみならず書くことの絶好の鍛錬となる。そう記す者は、逆向きにまた、「『金瓶梅』を読む前の文章と、『金瓶梅』を読んだ後の文章とで様子が変わらないようならば、その者はさっさと筆や硯を焼べてしまい」田畑の耕作にいそしむほうが身のためだと警告するだろう（74）。

他方、一場にはむろん、後進批評家ならではの新味も散見する。一般的な「対偶構成」とならび『金瓶梅』一個に「定番」的な「創作手法」として、潘金蓮が腹を立てるときには「必ず」孟玉楼が傍に居ること、西門慶が外出しようとするたびに客人や役人がやって来ること（7）、濡れ場の多くがきまって人に覗かれること（14）などへの着眼は、今日的読解ポイントに通ずるその一つである。その覗き見（立ち聞き）に伴う「秘密の暴露」の数々にかんして、読者の目には「既に事が露見している」以上、改めてそれにふれるとき「余計な力を費やしてくどくど書くことをまったくしていない」「絶妙の筆法」を称揚するのは、金聖嘆に発する「読者論」的関心を進めてさらに核心に迫った指摘となるだろう。

大略このようにして、張竹坡は確かに金聖嘆とよく似ているのだ。——だが、この場でいっそう興味深いのは、二人の評点家の似て非なる側面であり、竹坡の解釈における極端なまでに執拗な牽強付会性がその最たるものとなる。上記から拾うなら、たとえば呉銀児の「奸険好人」ぶりを論証する箇所にそれが露頭している。

自分に見向きもせず嫡男もないまま放蕩に血道を上げる夫の身を案ずる正妻は、天の北斗にむかい「七の日ごとに」夜香を焚いて「夫を加護し早く改心させるよう祈っている」が、ある夜、折しも廓で一悶着おこして帰宅した西門慶がその様子にほだされ、夫婦は久しぶりに情を交わす（二十一回）。後に潘金蓮を激しく嫉妬させるその一齣について——結果的には、さながらW・C・ブースのいう「信頼の置けぬ話者」論（後述）を遠く先取りするかのように——地の文そのものさえ疑う評点家は、正妻のいかにもけなげな夜香は、そのじつ、夫の心を繫ぎとめる「姦計」だとみる。

> 月娘の焼香について、私はその真偽を定め作者の運筆の意図を窺おうとし、作品を捲って一日を費やしたが、事情が分からなかった。しかし、前に李瓶児が初めて嫁いで来たころ来旺に（それまで李瓶児がいた）家を見に行かせるところで、それに先だち月娘が来旺を王姑子（尼僧）の寺にやり油や米を送らせていた（第二十回）ことから、ふと偽と分かったのである。……焼香の一件は、王姑子の授けた姦計に違いなく、月娘はこれを用いて成功したのだ。
>
> （『第一奇書本』二十一回・回評）

『金瓶梅』は、あらかじめすべてを見渡した作者によって一挙に形成されたというのが、張竹坡の前提である（39）。である以上、どれほど唐突に、あるいは不自然にみえようと、あらゆる「細部」には意味があり、右のごとくいっけん平凡あるいは当然にみえる場面や事物や人名などにもしたたかな裏がある。その裏を探り、ひとたび探り始めるや、必ず証拠を探り当てること。探り当てるまで探索をやめぬといった「索隠」の執拗さが、馬琴の「稗史七則」「隠微」にまで波及した竹坡批評に独自のアクセントを付与する。『金瓶梅』張竹坡批評の態度」なる卓論に、右の「回評」を訳出引用する田中智行もそこで的確に指摘するように、これが聖嘆であれば、そのあらわな証拠となる細部や出来事を（宋江相手にしばしばそうしたように）涼しい顔ででっち上げるだろう。竹坡はそうはしない。代わりにこじつけるのだ。

ことはしかし、右例ではまだ軽微にとどまる。これが、「読法」と同じく『第一奇書本』前文を構成する「金瓶梅寓意説」になると、その牽強付会ぶりは、ことに著しくなる。「小説は、寓言なり」（「稗官者、寓言也」）。――そう始まる場所で、名辞や事物の裏に隠された意味や意図を探る解釈の数々が、微に入り細をうがって恣に繰り延べられている。主として「名詮自性」的なポイントを狙ったその論証ぶりを（複雑な例を念頭に）あえて略式化すれば、次のようになろうか。すなわち、ある細部の「寓言」性を論証するために、いっけんかなり隔たったAとEとの結びつきを見いだす必要に迫られた場合、解釈者は、Aとのたとえば音通からまずBを、Bとの類型からCを、さらに、Cとの隣接関係からDを、そのDとの他の何らかの観念連合的要素を介して肝心のEを、連想ゲームのように導き出す。そのようにして、たとえば、潘金蓮（「蓮」）のライバル李瓶児は「芙蓉」であること、およびその理由と意義に言及する解釈者は、その女性が西門慶の房事を覗きみるときは必ず隙間からすることを指摘する（「瓶」→「屏」→節穴）。同様にして、潘金蓮が陳経済によって身を滅ぼすのは、あらかじめ密通相手の名に暗示されいること（「陳は旧であり、敗（枯れる）である。敬と茎は同音である。茎が枯れた茎荷《ハス》とは、蓮（潘金蓮）の末路について言っている」訳文阿部浩子・巻末参照）。その「蓮」のために登場する「蘆」としての「王六児」（→「黄蘆児」→「蘆」は後ろが「空」）が「後庭花」（アナルセックス）を好むこと、等々。「作者の意趣は、文螺のように曲折し、頭髪のように細密だ。思いがけず後に張竹坡がいて、これを細かく指摘するのである。作者は黄泉の国で涙を流して竹坡に感謝するだろう」（同右）と末尾に自賛する文章の詳細はしばらく措き、ここに指摘すべきは、当人のいう「細密」さの性格である。

延長と変質

張竹坡の解釈において、「細密」さは「量」の別称に近い。隔たった二つのものを結びつける要素が、一つなのか、二つなのか、さらに、三でも四でも、十でも、その気になりさえすれば原則としていくつでも（語彙的、形態的、物理的、心理的、宗教的、政治的、慣習的……極端にいえば、現実のあらゆる領野から）発見しうること。同じ理由で、ここにあるAと、もっと離れたHなりSなりZなりとの結びつきも論証可能であること。媒介要素のその数が増せば増すほど論証は確かに「細密」なものになるだろう。しかし、「細密」さはここで根気よく単調な延長としてのみあらわれる。

対して、その増減が質の変化にかかわる量というものがある。

それがまさに、『金瓶梅』全編におけるもっとも興味深い側面を形成しているのだが、このとき、西門の死を境にいわゆる「飲食男女」（「食欲」と「色欲」を中心とする日常生活）にまつわる描写がぴたりとやんでしまう事実が大きな意義をもつ。西門の死後に残された者たちのその後が矢継ぎ早に描かれてゆく場所で、「飲食」は（「衣」や「住」とともに）物語にとって文字どおり「どうでもよいこと」をこえ、端的にじゃまなものとなり、「男女」は、たとえば乞食に落ちぶれた陳経済と小屋頭との男色関係（九十三回）のようなごく手短な色添えとして書き込まれるにすぎない。なぜか？　西門家の食卓の成金的豊富さと、主人の途方もない性欲とが、ふたつながら、一編における描写の欲望と共振しつづてきたからだ。その主人が死に一家が四散すると、「飲食男女」をめぐる執拗な描写もまた影を潜めるわけだ。やや古風な「表出」概念とともに、「西門慶」＝「作者の分身」を前提とする日下翠は、こう書いている。

しかし、西門慶の死後、作品はあの緻密な「飲食男女」の描写が一変し、おざなりの因果応報物語に変わり、ただ結末に向かって大急ぎでつき進んでゆく。あたかも、作者は、西門慶を通じて自己を表出することができなくなったため、作品そのものを書く熱意さえ喪失してしまったかのようである。そして、西門慶亡きあとのこの小説の味気なさを思うとき、われわれは、この作品の魅力が、西門慶と彼を取り巻く日常生活の描写にあったことを知るのである。

（日下翠『金瓶梅』）

すると、西門慶の死は、ちょうど、『水滸伝』における「招安」に相当するわけだ（第一章参照）。

実際、盗賊らを官軍たらしめたその「招安」を機に、戦うことをめぐる描写量はこちらとは逆に（人名や武具・陣形にまつわる名詞の夥しい羅列として）一気に増加し、列挙羅列のその増大にしたがい、魯智深や武松らの交換不能な単数性が、誰とでも交換可能な多数性のうちに堕する。量の増加に反比例して好漢らは痩せ細ると書いたゆえんだが、『金瓶梅』にあっては、それが比例的な関係を示すのだと換言すればよいか。資本がそうであるように、欲望もまた増加することしか知らない。現にそのようにして、新興ブルジョワジーの一家では、料理の品数は増えれば増えるほどその成金的食卓につきづきしく、性戯は多種と多様を極めようとし、そこには「情緒と美意識」(5)のかけらもない。叙述上の描写量の多寡はこのとき、それじたいが虚構の一部に転じている。同様にして、「話者」をあえて「作者」と呼ぶ日下翠がはからずも指摘しているのは、そのじつ「表出」性などではなく、描写欲の多寡を通じて当の「作者」（話者）を作中人物化しているテクストの様態なのだということができる。そのいわば過剰《テクスチャル》なドラマ(6)。

急進して、あるいは、こう考えることもできる。ここにあるのは、欲望の描写ではなく、描写そのものの欲望なのだ、と。この場で一義的なのは、西門慶ではなく、「笑笑生」と名のる一個の作家に宿った描写の欲望であり、それを無理なく（「合理的」に？）みたす対象として選ばれたものが、食事の品々であり、衣装小物や屋敷の細部であり、性戯の多様さであり、つまり「飲食男女」の生活なのだ。この作品を指さして、人はこれを中国文学に初めて出現した「写実小説」「日常生活のリアリズム」と呼び、右の日下も、その描写の魅力にぬかりなく言及しているが（「群を抜いてリアルで緻密であり、異様といってよい」）、惜しいことには、この種の言葉が、往々にしてそのじつ、優れたテクストがはらみうる本質的な転倒性（描写の「緻密」さが「異様」なものに転ずる異化作用）を見ずに済ますための体のよい遁辞にすぎぬ点については、不敏であるようだ。ここではしかし、日常細部を描くために「緻密」な運筆が施されるのではなく、運筆そのものを細やかに貪るために描写対象の「緻密」さが選ばれているのだ。この転倒性こそ、『金瓶梅』のもっともスリリングなポイントにほかならず、明代の大知識人・王世貞か『宝剣記』の作者・李開先、いずれにせよ男性であることは確かな書き手による、女性的日常細部への「異様」な関心（日下は、一種捻転した感嘆をこめて「作者はなんていやらしい男なんだろう」と付言している）も、したがって驚くにはあたらないのだ。纏足の靴を縫う糸の色にせよ着物の柄にせよ、それらへの注視はたえず、描写のいわば脱性的な性格の所在を伝えて刺戟的なのだ。

　対照的に、とくに「寓言説」における張竹坡の執拗な牽強付会ぶりは、それが意表を衝けば衝くほど、少しも刺戟的ではなく、一種決定的に退屈である。このさい小説と批評の区別はない。小説にせよ批評にせよ、描写の稠密さにおいても、論証の執拗さにおいても、あるいは、他のどんな領域においても、人生そのものについても、無傷のままの（つまり、いかなる変化も生きようとしない）長さは、基本的に退屈なのである。

　なるほど、ある場合、金聖嘆も十分に執拗ではあった。

だが、その執拗さが空を切った場合、徒労に終わるほかにない張竹坡の場合とは異なり、金聖嘆は空振りを厭わない。一つには、その執拗さが、記号にたいするときに子供じみた無償のふるまいとして反復されるからであり、二つには、先にふれた卓論の田中智行のいうごとく、張竹坡の解釈が「作品の諸要素を作者の意図に還元するところに特徴がある」とすれば、涼しい顔で作品を改変する金聖嘆にとって「作者の意図」など二の次であるからだ。

『水滸伝』「読法」中の「文法十五則」にいう「草蛇灰線法」に就いてみよう。

　金聖嘆のカウントにしたがえば、武松の虎退治の場面に「哨棒」の一語が十六回も書き込まれ、潘金蓮の住む家の「簾」は十七回、林冲の流刑地は「草料場」における「火」の一字も「許多」であるように、しかじかのトピック（虎退治、潘金蓮と西門慶の出会い、林冲の受難）にむかう叙述にアクセントを刻み入れる手法を、聖嘆は「驟《には》かにこれを看て、物無きが如きことあり。細やかに尋ぬるに至るに及びては、その中、便ち一条の線索有りて、これを拽《ひ》けば通体倶に動く」と説明している（訓読平岡龍城・付章参照）。この比喩において、「通体」はそのトピック、一条の「線索」は、いっけん何もいないかにみえる草叢に目をこらせばその葉陰から見え隠れする一匹の「蛇」、聖嘆がそこで執拗に数え上げてみせるのは、その「蛇」の同じ部分の断続的な隠顕だということになる。その他、義弟・武松へのなれなれしい二人称「叔叔」（「巳上凡叫過三十九個「叔叔」」・『全集』一‐三六三頁）、鴛鴦楼で武松の振りまわす「腰刀」、祝家荘攻撃における「荘門吊橋」、敗将呼延灼の愛馬「踢雪烏騅」など、およそ枚挙に暇ないなかには、ある人物が繰り返す仕草（「笑道」笑って言うには）や、叙述の紋切型（「看時」看てみると）のように、そこに頻出するというだけの理由で数えられるものも少なくない。それらはとうぜん、たんに指折られたただけで宙に浮くのだが、これを張竹坡の場合と同じ意味で徒労と呼ぶべきではない。たとえ、その「蛇」の行方を見失い、あるいは、それが「蛇」であろうとなかろうと、同じことなのだ。要はむしろ、目についた途端――それが何であれ、察知するやいな巣糸をわたる「蜘蛛」の素早さで――ともかくそれに飛びついてしまうという批評家の、稚気にみちた愚直《テクスチュアル》な反射神経にかかっているからだ。その素早く無償の執拗さに着目すべきである。子供は徒労を知らない。

同じことは、七十回本の評点家が随所に発揮する「深読み」についてもいえる。中国批評史上にいう「索陰派」の先蹤と目される張竹坡「金瓶梅寓意説」もまた、「深読み」の技術として、馬琴「稗史七則」の「隠微」概念（第二章参照）に引き継がれたものだが、「作者の意図」をさぐり当てることを至上の使命となす張竹坡の「深読み」は、外れたら意味を失う。「寓意説」末尾から先に引用した自賛を変奏するなら、そのさい「作者は黄泉の国で涙を流して竹坡に抗議するだろう」。テクストのすべてが「作者の意趣」に依るとみる以上、どれほど索隠の「細密」さを示そうとも、解釈者には、作者の「抗議」に反論する資格がない。反して、たとえば、魯智深との格闘のおりの史進の「氈笠」にまつわる解釈（第二章参照）を筆頭に、随所に見てきたとおり、聖嘆の緻密さは事と次第によっては「作者」を無視する野蛮さに裏打ちされている。野蛮さゆえにたとえ読みが外れ、「作者」からどんな抗議を受けようとも、その解釈は徒労ではない。聖嘆の深読みの周囲には、成否にかかわらず、批評ならではの「反論」として、そのたびに——作品にたいする「読者」の介入性なり、「視点」の問題なり——テクストの本質にかかわるポイントが浮上するからだ。聖嘆の分析の執拗さは、そのつど、——『水滸伝』後半の「戦記」部分（第一章参照）とはまた別の意味で——失敗することにも成功するのだと言い換えてもよい。

おそらくは、ここにいう反論権のなさというものに、たとえば「亜流」の一語が否定的に用いられている理由がある。

張竹坡が如上あらわに金聖嘆の亜流であるように、小説の評点にかんしては、金聖嘆もまた李卓吾の歴然とした亜流である。しかし、誰も積極的に、金聖嘆を李卓吾の亜流とは呼ばない。なぜか？　白話小説の場に李卓吾が持ちこんだ評点形式の可能性を決定的に押し広げてみせたからだ。対して、張竹坡の批評は、金聖嘆の幅を狭め、その見返りに論述の「細密」な整合性を得ようとする。別にいえば、主として虚構内容の次元に終始していた李卓吾の評点にたいし、聖嘆がそれを、虚構内容と叙述形式との相関性の次元に開いたとすれば、張竹坡はその相関性を閉ざしにかかるのだ……と、そう書いて、本章はここで前章末尾に接続したわけだが、同じ前章の冒頭を引き寄せて言葉を継ぐなら、聖嘆と竹坡のこの関係はちょうど、自作にたいする批評家としてのヘンリー・ジェームズと、彼の「亜流」の、たとえばパシー・ラボックの批評のあいだに見いだすことができる。

二人の「亜流」

何よりその形式性において、ディケンズ、サッカレーに代表されるイギリス小説は「素朴《ナイーブ》」だった。——端的に「小説の技法」（*The Art of Fiction*, 1884）と題されたエッセーで、同時代のフランス文学を横目に、フローベールの「弟子」としてそう記すヘンリー・ジェームズは、十数年後には『ねじの回転』『メイジーの知ったこと』のユニークな作家となり、やがて、いわゆる「晩年三部作」（『鳩の翼』、『使者たち』、『黄金の盃』）の晦渋な書き手となる。前章にみた中村真一郎の絶賛には軽々に同じえぬものの、彼の登場が（同時代の作家にたいする評文や、自作への数々の序文に示されたその理論とともに）、「素朴な」イギリス文学に技術的な新生面をもたらしたことは争えぬ事実に類する。

「小説の唯一の存在理由」は「人生の再現を企てること」にある。その「再現性」において、絵画の技術と小説の技術との類似性は「あまりにも明白」であり、「再現」の実践形態としては、演劇を最上とみなしながら、その一方に「視点」の技術」を開拓したジェームズは、他方に諸場面の「劇化」を希求する（彼はしばしば、自分を「劇作家」と規定していた）。念のため前章にひいた中村真一郎の言葉を再記するなら、前者は、「主人公だけの内面を描き、他の人物は主人公の意識に反映した面だけが表現されるという、丁度、私たちが実際の人生で生きているのと同じ様な構造」として錬磨され、後者は「（＊主人公以外の他の）人物たちの心理描写は一切、省略されているので、読者はその人物が、ある台詞を言いながら、どういう目付きをしたとか、不意に立ち上がったとか、どういう身振りをしたとか、ということから、丁度、やはり舞台を見ているように、その人物の心理を想像しなければならない」という受容姿勢を――話者による「説明」になれきった当時の読書空間に、いわば新しい「読者」そのものとして――創出する。当時としては確かに画期的だったこの二点を軸に、黙説法と細密描写の組み合わせによる「ほのめかし」、極端な省略をともなう朦朧体、「からくり」の用い方（隠し方）、「読者の友人」としての作中人物、一人称の厄介な性質、物語の統一性、新たな題材領野としての「国際状況」などといった数々のトピックをあまたの中長編作品において開拓実践しつづけるアメリカ人作家の理論は、その実作にもまして、同時代英国の文芸界に多くの追従者をもつにいたる。

パーシー・ラボック（一八七九―一九六五年）は、ジェームズ晩年の雄弁な追従者のひとりだが、主著『小説の技術』（*The Craft of Fiction*, 1921／邦訳佐伯彰一、一九五七年）におけるその雄弁な追従ぶりは、ジェームズの扱っている（右にその一端を指呼した）多様な問題にたいする単純化・狭小化として発揮されてくる。すべては〈視点〉の問題に帰着するという命題がそれであり、小説は〈劇的〉に描かれねばならないという実践命令が、これに相即する。

もっとも、当のジェームズが、「師匠」のもつ幅を決定的に切り詰めてもいる。何よりも、その理論的思考の大前提をなす「絵画」と「小説」との、それこそ「素朴」すぎる等号。ところが、自作にかんして「挿絵」など「一枚たりとも絶対に入れさせない！……それを考えるだけで頭が変になる！」と知人に書き送るのは、ほかならぬ『サランボー』の作者なのだ（ジュール・デプラン宛一八六二・六・一〇）。同じく、「小説の唯一の存在理由」は「人生の再現」だと信じて疑わぬジェームズは、「何も書かれていない書物」

(livre sur rien)にたいするフローベールの憧憬をまったく理解していないし、理解する気配もない。その他、「師」にたいする無理解や誤解は随所に顕著なのだが、ジェームズの場合、良かれ悪しかれ、それが批評の名に値するのにたいし、「小説の技術に関する技法上の入り組んだ問題もすべては、〈視点〉の問題に支配されていると私は考える」(一九一頁)と書くラボックに見いだされるのは、一事にまつわる形式的な図式化の徹底である。

すなわち、「パノラマ」「絵画的描写」「劇的描写」「情景描写」「概括的」「画面的」といった分類語をもとに、ジェームズをはじめ、十九世紀作家の「問題」を整理する手つきがそれである。『ボヴァリー夫人』の「舞踏会」は、すべてが「エンマの気分」に浸されて「絵画的」であるにたいし、農業共進会は「そのまま舞台の上にのせても」通用するような「事実をして物語らしめる」「劇的な手法」。サッカレーが描く「風俗」は、フローベールとは似て非なる「パノラマ的」技法。フィールディング、バルザック、ジョージ・エリオットは「画面的方法に向かい」、トルストイとドストエフスキーは「劇的な方向に向かう」……といった具合だが、しかし、たとえばW・C・ブースに和して、ヘンリー・ジェームズの扱った「何十もの文学的問題」をたった一つの実践命題(小説は「劇的に」描かれねばならない)に回収するその「単純化」を批判すること(『フィクションの修辞学』[7]）が、ここでの本意ではない。何より示唆的なのは、このラボックの理論書の末尾に、張竹坡と瓜ふたつの言葉が読まれることである。

（…）ところで、作品をしかと眺めようとすれば、我われの力で再創造せねばならぬ。そして、永続的に再創造するための、唯一つの明確な道というのは――技術を研究し、その過程を追い、構成に注意して読むことだ。この方法の実践こそ、現在の私にとって、正直なところ、小説批評の唯一の興味なのである。

（…後述）

小説の作者は技術者だ。批評家は、彼をその仕事場で捕らえて、いかにして小説が作られたかを、見なければならぬのである。（『小説の技術』）

金聖嘆と張竹坡の読解姿勢を、両者の「作者」観の対立（「「格物」する作者」／「「経営する」作者」）に求める田中智行の示唆的な一文（前掲[8]）にも、「張竹坡にとっての作者とは作品の「経営」者に他ならず、「経営」の現場に再現的に身を置き、それによって作者の「用意」を正しく知ることこそが、彼にとっての批評なのであった」とある。竹坡にいわせれば、そうであって初めて――つまり、「この文字は自らが書いたものであると思えるまで」読み込み、作品の組成をまるごと理解して初めて――作者に「騙されない」。これが、『金瓶梅』「読法」に繰り返される張竹坡の理路となる（「読法」40・41・42）。田中文には別にまた、ジェームズにたいしてラボックがいつ口にしても不思議でない「高度な技能者としての作者」という言葉も読まれるのだが、このとき、「永続的に再創造するため」にせよ、「騙されない」にせよ、両者はともに、作品にまつわる力関係への反応としてある点に留意すればよい。

すべてを支配する作者と、支配に隷属する読者。黙説法や省略、ほのめかし、視界の制約などを介して出来事や心理を読者に推測させる（あるいは、思いどおりの方向に「騙す」）という手法が、支配者のいわば静かな横暴として、ジェームズの周囲にたえず曇ったニュアンスをまといつかせるのだが、張竹坡とラボックの姿勢は、読者に強いられるその原理的な劣勢の回復としてあらわれてくるのだ。右にふれたブースの書物冒頭に「作者は、登場人物を作り出すように、みずからの読者をも作り出す」というジェームズの警句が引かれている。ならば、読者が作者を作ること（自らを作者たらしめること）も可能ではないか。そうした逆転にむけ、ラボックは「小説の読者は――批評的な読者のことだが——彼自身が一人の小説家である」と書き、『第一奇書本』の前文「竹坡閒話」の書き手は、「他人」のためなどでは毛頭なく、「私は我が『金瓶梅』を作る」のだと宣言している。しかし、生活の困窮と時代に変転のもたらす近年の「鬱屈」を晴らすべく、自ら小説を書こうと何度も筆を執ったはよいが、そのつど「前後の設計に甚だ構想を費やした揚げ句」、物にならぬ。ひとまず筆を置いた竹坡はそこでこう独語する。

「まずは人の書いた栄枯盛衰の書（「炎涼之書」）について、前後構想しているやり方を細かく数え上げようではないか。そうすれば一つには鬱屈を解消できるし、二つには古人の書を分析するのも、自分がいままた新たに一つの著作を構想するようなものだ。私は（自分では）作品を書いていないけれど、私が書物を書くために持っている手法は、すべてここに備わっているではないか」と。そうであれば、私は我が『金瓶梅』を作るのであって、どうして他人のためにわざわざ『金瓶梅』を批評したりするであろうか。（田中智行前掲文所引）

読者の位置にあって作者に転ずるための方途としての精読。批評が小説にたいして示すこの強気なライバル意識が、挫折感の裏返しであることは見やすい事実である。みずから「作者」たりえぬことへの代償行為としての分析。論証の「緻密」さはそこでもまた、有償であらねばならぬわけだ。実際には小説が書かれた形跡のないまま、まだ若い批評家は、連日の徹夜読書のすえ二十九歳で突然血を吐いて死んだというのだが、こうした対抗意識は、不惑を越えたラボックには希薄である。彼の明快さはそのじつ、小説にたいする根本的に「無力な感じ」を忍ばせているからだ。先引用の中略箇所（…）には、じつは、みずから「率直な告白」と呼ぶ次のごとき文言が差し挟まれていた。

そして、結局真に、明瞭かつ正確に眺めることは不可能である——これは確かだ。作品というものは、我われがその上に手をおくと、消えてしまう。

ついに摑みきれぬその作品の「影の背後」からは、しかし「我われを誘う一条の光がきらめいて」くるのだという行文を、ラボックは、先の結語（「作者」＝「技術者」）に曖昧に結びつける。そこには、張竹坡的な野心（と、その挫折感）は感じられないのだが、作者の支配権をめぐるこうした対比は、ここに示唆的だろう。「野心」も「無力」も、二つながら金聖嘆の与り知らぬものだからだ。聖嘆の野心は、自分の小説を書くことにではなく、当の小説を大胆に書き換えることにあり、彼がその野蛮な手をおくと、作品は逆に輝くからだ。厳しくいえば、二人の才気ある「亜流」は、その才気をともに、作品に密着した「緻密」な読解に捧げるようでいて、そのじつ、それぞれの流儀でみずから輝くことしか考えていないかにみえる。対して、金聖嘆は、あからさまに粗暴なまでに批評の支配権を行使するようでいて、その読解の随所で逆に、作品を繊細に光らせてしまうのだが……ところが、その聖嘆も、ふと「率直な告白」に及ぶことがある。最後に、その貴重な口ぶりに就いておきたい。

「蜘蛛」と「蚨《フ》」

『水滸伝』二十七回。潘金蓮と西門慶を血祭りにあげて自首し、孟州牢城へ護送される武松は、途次の十字坡で張青・孫二娘の営む酒場に立ち寄る。先にふれたように、それは、よく肥えた旅人を「しびれ薬」で眠らせ、その肉を捌いて酒肴にするという物騒な居酒屋で、武松と護送人も、同じ罠にはまりかける。「三種類の人間」（諸国遊行の「僧侶と道士」、定住民社会からはじき出された「芸人遊女」、しばしば好漢がまじっている「流罪」人）だけは殺さないという掟をもつ夫の留守中、掟をよく袖にする妻の手で武松らはあやうく人肉饅頭にされかけるのだが、夫が帰宅し事なきをうる。武松は、この夫婦と「義」を結びあう。張青はそのさい、以前、魯智深（魯達）とも同じような経緯で義兄弟になった話を口にし、添えて、魯智深の前に調理してしまった一人の「坊主」（頭陀）の話をもちだす。

（…）張青、「ただ残念なのは坊主が一人、身の丈七、八尺もある大男だったんですが、やっぱりしびれ薬でやっちまいまして、わたくしが帰るのがちょっと遅かったものですから、もうその人をすっかりばらしちまってて、今ここに残っているのは頭にはめる鉄の輪一つに黒い直綴一着、度牒一枚、他のものはどうってことないんですが、二つの本当にめったにないような品物がありましてね、一つは百八個の人の頭蓋骨で作った数珠、一つは二振りの沸の浮いた西方渡来の鋼で打った戒刀なんです。どうやらこの坊主もかなり人を殺したみたいで、今になってもその刀は何かといえば夜中に鍔鳴りを起こすんです（…）」

（『詳注』五・三〇頁）

この後、無事に孟州の牢城に入った武松は、そこでもまた、土地の顔役や役人相手の悶着のすえ、手当たり次第に報復の血祭りを演じ（「血濺鴛鴦楼」三十一回）、ふたたび、十字坡の張青のもとに逃げ込む。そこで、「行者」に身を変えて、魯智深・楊志のいる二龍山に足をむけることは、本書第一章冒頭に引いたとおりである。そのはこびに、これ以上ない鮮やかさで、「人生」ではなく「前世の注定《テクスト》」を生きる作中人物の典型があらわれてきたわけだが、そのさい、「行者」武松が引きついで身につけるものが、じつは右の「直綴」や「数珠」や「戒刀」なのだ。

いつもの聖嘆であれば——テクストの構成面にはあまり興味を示さない『容与堂本』の評者でさえ、張青の台詞の冒頭句について、「残念じゃないぞ、この頭陀がいることになるんだからな」といたコメントを挿し入れている——この対偶関係を見逃すはずもない。この「行者」すがたを介して、武松が魯智深にたいする「略犯法」的な相貌をおびることも、われわれが幾度も指摘するところだが、この点にかんしても、聖嘆は、なぜか恬淡である。二章にみた馬琴風に、「人の頭蓋骨」のかけらで作った「数珠」の数（「一百単八顆」）に強くこだわり、そのかけらの数と好漢たちの人数との一致につき、ひとことあって不思議ではない。ところが、同じ台詞にたいして聖嘆が注するのは、一瞬虚を衝かれるほど唐突にも平凡なポイントなのだ。

魯達のことを述べ終わったところで、突然また一人の頭陀をひねり出す。黄昏に風雨激しく、天が真っ暗な時には、いつもこの文を思い出して、心も絶え果て死なんばかりになる。

いきなり一人の頭陀をひねり出すと、すぐに数種の器具を生み出す。文が内容から生ずるのか、内容が文から生じるのか、本当にわからない。思うにその筆墨は蚨の血が塗られたもので、さればこそ母子循環しながら生み出しあっていく能力があるのだろう。

まず三件（＊鉄の輪、直綴、度牒）を出し、その先に入って更に二件（＊数珠、戒刀）を出す。筆は回転しつつ舞いながら進んで行く。（『詳注』五 - 二九、三〇頁）

ひとりの人物を作中に導入するさい、その相貌や体躯に自然と筆が伸びるように、彼／

彼女が身につけている（いた）ものを数え上げることに、何の不思議もあるまい。そうした列挙は、文言白話を問わず小説のむしろ凡庸な慣習に類する。「頭陀」自体も、聖嘆自身が「文法」十五則に「弄引法」の名で整理する予告機能の一例、および「獺尾法」と呼ぶ「余波」の一例といってよいもので（付章参照）、かくべつ異とするにはあたらない。『西廂記』「読法」によれば、聖嘆は、幼少の折りはじめて該書を繙いて「他不偢人待怎生」（「きみはつれなし　いかがせむ」）の「七文字」に出会って、「三四日」ぐったりと寝付いてしまった（訳文・田中謙二）。それを教師に告げるとおまえには「読書種子」があると褒められ、以来、いよいよ熱心に本を読んだという（『全集』三・六八、六九頁）。この過敏さは長じてなお衰えず、一六四六年の真夏、昼に杜甫の「発潭州」を読んで、一日中寒さで体が震えたとも記している（「杜詩解」・『全集』四・七〇八頁）。これらが、聖嘆一流の誇張だとすれば、右の「心も絶え果て死なんばかりになる」も、同類とみるべきかもしれない。

だが、彼はおそらく本気なのだ。本気におびえ、「本当にわからない」のだ。『詳注』には、「蚨」は「伝説の虫。母虫と子虫の血をそれぞれ銭に塗っておくと、その銭を使っても母なり子なりを慕って戻ってくるという」とある。その比喩は、どちらかの銭を使っても、その銭が手元に残った銭のもとへ母子の恋慕をおもわせて「戻ってくる」ような循環性にかかっているわけだが、聖嘆がここで深く捉われているのは、たんに一つの事物が別の事物を呼び出すことではなく、呼び出す力そのものの「蚨」的な不気味さにあるかにみえる。どういうことか?……要点のみ、簡潔に述べておく。

「文が内容から生ずるのか、内容が文から生じるのか」。ここで本書の視界を励ますかのように「内容」と訳されてある一語は原文では「情」である(「文生於情、情生於文」)。同じ流儀で「文」は「形式」と見なしうるが、これまで指摘してきた事例から拾えば、「文が内容から」というのは、ある水準では、「合理化」(小松謙)の要請にしたがう様態を指している。林冲家の小間使いが、奥様が「一家人家」に連れてゆかれたと報告していたのが、その鮮やかな一例であり、相国寺の役僧のひとりが、まだ名を知らぬはずの大男について口にする「魯智深」の一語を「此人」に書き換える聖嘆の配慮がそれであった。「只見」→「只聞得」も同断。

また、「合理化」とは別次元の——たとえば『言葉と小説』の「序」でリカルドゥーが「第二のレアリスム」と呼ぶ——様態として、正岡子規が人麻呂の「足引きの山鳥の尾のしだり尾の長々しき夜をひとりかも寝ん」を称して、あれは「前置きの詞」が長いおかげて「夜の長き様を感ぜられ候」と記せば（『歌よみに与ふる書』）、子規の先輩格として、二葉亭の「緻密」な描写癖に目をつける斎藤緑雨が、そんなに長々書いている間に「煙管は大概燃切《もえき》る者なり」（「小説八宗」）とからかう。その長さや緻密さが、かえって（第二義の、叙述形式が虚構内容に近づく）「写実性」に悖るということだ。

　他方、叙述形式上の要請として、あえて殺さなくともよい役人を始末する一段があった。たとえばそのはこびを称して金聖嘆が「乾浄化」と呼んだところは、「文（形式）が情（内容）を生む」事態の典型と見なすことができる。「写実的」な形式が内容を模倣するのにたいし、こちらは形式が内容を産出するわけだ。「視点描写」が呼び込んでしまう「幽霊」も同様だった。小著の最も古い場所（『幻影の杼機』）から呼び寄せるなら、内田百閒の描く「首のない兵隊の固まり」は主語を欠いた文章の中を歩き（「旅順入場式」）、「ふらふら」「だらだら」といったオノマトペ（〈1・1〉）の頻出する場所でひたすら坂を下る「私」の前方にはきまって、似かよって見分けのつかぬ二人の男が蹲っている（「坂」）。

　下ってたとえばまた、古井由吉の執拗な細密描写とその作中人物が患う統合失調との関係もここに列する。杳子が分裂症気味であるのも、彼女の形姿がそのつど細やかに描かれるためだ（小著『かくも繊細なる横暴』参照）。杳子に集中しつづける細密描写の要求する分割細分化それ自体が、彼女に、いわばテクスチャルな統合失調をもたらすのだと考えることができる。「わたし」に視つめられるたびに杳子は壊れてゆくわけだ。このとき、その杳子の分裂症を描写が模倣し（第二の「写実」）、描写がまた病気を重らせ（「産出」）、あるいはその逆、さらにその逆……。模倣と産出の循環（可能）性とは、そうした動きを指すということができる。もとより、聖嘆の先の文脈はそこまではふれていない。彼の引例部分はむしろ、ごく普通の統辞性にしたがっている。だが、〈魯智深→一人の頭陀→鉄の輪→黒い直綴→度牒→人の頭蓋骨のかけらで作った数珠→夜中に鍔鳴りをおこす戒刀〉と書き並べながら、聖嘆はなぜか（的外れに？）その運びのうちに不気味な「蚨」の気配、たとえば、最後の「戒刀」がまた別の（奇石や札を手に手に次々と峠道を歩み去る）「頭陀」たちでも呼びよせるごとき力を嗅ぎ当てているかのようなのだ。

嗅ぎ当てたものの、それをどう始末すればよいか。批評家は、狼狽え気味に絶句する。持ち前の執拗さも俊敏さも、役に立たない。巡らせた巣糸に、噂に聞く「蚨」が掛かってきたらしい。この獲物をどうすればよいか？　そもそも、これは獲物なのか？　飛びついた途端、巣糸自体がこぼたれてしまうのではないか……「本当にわからない」と、そう絶句するよりない「蜘蛛」の、この困惑は、批評の対象であると同時にその事件でもある作品の幅というものを伝えてこよなく貴重なのだ。

「亜流」たちの文章が基本的に貧しいのは、この絶句の一瞬を知らぬゆえでもある。なるほど、強気一点張りの張竹坡にくらべれば、ラボックには一日の長がある。だが、ラボックのいう「一条の光」とは、形式分析が（かえって否応なく）抱え込む不可知な領分にたいする冷静な留保、もしくは、そこからの遁辞にすぎない。対して、聖嘆に絶句をもたらすのは、ひとたびそれに捉われたら、待ったも逃げも通用しない切迫として分析者にせまってくる力にたいする、ほとんど肉体的《テクチュアル》な畏怖と困惑なのだ。この事態はたぶん、〈内容〉と〈形式〉の循環性そのものが、形式＝文の不実な産物である点に由来するはずだが……そうだとしても、循環性をそこにみいだすのは容易ではない。というか、そもそも、選りに選って、右のごとき平凡な行文に聖嘆はなぜ躓いたのだろう？

それこそ、この許しがたい批評家が「魔に憑かれ」ていた証拠である、と、幸田露伴であればそう嘲るだろう。その一瞬、何かの「神」でも「降つて」きたのだろう、と。

魔に憑かれたといふのはをかしいが、それは卟《けい》といふことを聖歎がやつたのである。卟といふのは支那の文芸には甚だ広く交渉のあることだから、自分が嘗て「思想」

に「飛鶩の術」と題して論じたことがあるが、手早く云へば「神おろし」のやうなことをするので、さうすると何の某といふものの霊魂が其人に降つて、其の霊魂の有してゐる智識才能感情等を此世に現はし出すのである。

（「金聖歎」一九二七年・『露伴全集』十五巻）

『国訳忠義水滸全書』百二十回本の訓訳者の沽券にかけて、それを平然と「腰斬」した「不埒な男」（と、その賛美者）への舌鋒を緩めない露伴は、七十回本の鍵となる「古本」も、同じ「卟の状態の裏から見出したのかも知れない」とからかうのだが、かりにそうだったとすれば、本書はあげて、「卟」の呼びこむその奇瑞にむしろ感謝せねばなるまい。

註

（1）念のためその一例、五番目の夫人として一家に加わったばかりの潘金蓮が、第三夫人で気のあう孟玉楼と碁に興じているところへ、帰宅した西門慶がやってくる場面をあげておく。

《ふたりの女はあわてて碁石をかたづけようとしたが、その暇もない。西門慶はちょうど敷居をまたいだところでふたりを見ると、普段どおりどちらも、銀糸の束髪冠から両耳の前後に鬢をあらわして、青い宝石の耳飾りを垂らし、白い紗の単衣《ひとえ》に桜色の袖なしをかさね、縫い取りのある裙《スカート》を履き、尖って反り上がる細身の小靴二足は赤の鴛鴦で飾られて、いずれも白粉した玉の彫刻のよう。おもわず満面に笑みをたたえ、からかった。

「一対のお女郎さんってとこだな。ふたりともえらく高くつきそうだ」》（十一回）

付けて私見によれば、この余裕をふくんだ視線は、尾崎紅葉『三人妻』（一八九二年）の富豪・葛城金五郎に引きつがれている。

（2）戸田恵子「『金瓶梅詞話』考——羅列表現を手がかりにして」『東北大学中国語学文学論集』二〇〇二年十一月　1342_6168_-2002-6_7-47_2/pdf

（3）『新編金瓶梅』執筆に臨むにあたり、友人・殿村篠斎に宛てた書簡には「これ則、武良太（＊武大）を薬酖せし悪報といふ評あれども、西門慶を武松にうたせざりせば、勧懲にうとかり」（一八三〇年三月二六日）とある。西門慶を一種の事故死に終わらせることは、馬琴にとっては肝心要の勧善懲悪性の不徹底だとみるわけだ。その言葉どおり、『金瓶梅』本編では長くすがたを消している武松を登場させつづける馬琴作では、

『水滸伝』さながら、武松は正しく報復する。

(4) これらの問いかけへの答えとして「読法」中に記されてあるのは、①書童の登場は、呉銀児つきの下女・玉簫と彼を関係させ、その情交現場を目撃した潘金蓮と、呉月娘との関係に綾をもちこむためのもの(15)、②の春梅との性愛描写の少なさは、西門慶の死後、売りに出されたり(潘金蓮)、一時は乞食にまでなりさがったりする(陳経済)ような人々の有為転変のなかで、かつての「奴隷」下女が県高官の正妻となりおおせる「運勢の変転」をあらかじめ見据えた差異化(「節度」51)。③は、西門慶の妻妾たちのうちで「正面切って」描かれている中心人物、潘金蓮と李瓶児との対比をきわだてるため。諸事に攻撃的で騒々しい前者の饒舌で乱暴な言葉遣いにたいする後者の「寡黙な様子」が、「潘金蓮の悪辣さ」をきわだてる。すなわち「描かぬ事によって描く」妙手(16)。

④の西門慶の「好色一代男」的な係累のなさについては、みずからの主人公にたいする作者の嫌悪感が諸方で指摘されているが、興味深いことに、馬琴の『新編金瓶梅』では、作品の中心は血縁間の、しかも二代にわたる「悪縁」に転じられている。すなわち、それぞれの三人の親が兄妹である「阿蓮」(潘金蓮)と「啓十郎」(西門慶)と「大原兄弟」(「武太郎」→武大、「武二郎」→武松)は従兄妹同士として、持ち前の粘ついた錯綜関係を、馬琴最晩年の劣作にもたらしている。

(5) 澤田瑞穂「葡萄棚の下で」・『宋明清小説叢考』(一九八二年)所収

その「男女」のあけすけな一齣として、西門慶が「葡萄棚」を責め道具に使う名高い一場面がある。逆八の字に裸の股を開かせて棚から吊しさげた潘金蓮の陰部を的に、投壺の矢よろしく酒肴の李を投げ入れるその場面(二十七回)は、本章冒頭に引いた性愛描写へとつながってくる。このとき、同じ「葡萄棚」にまつわる永井荷風の小品と引きくらべながら、「情緒と美意識の欠如」を欲にまみれた『金瓶梅』の「決定的」な本質とみなす澤田瑞穂の一文は名評としてしばしば引用されるものだが、われわれは、澤田の一句を貶辞ではなく賛辞に近い正確さで事の本質に届きうるものと受け取るべきである。この世には確かに、しめやかな食欲もなければ、美しい性欲というようなものもない。

（6）一事を証するこれ以上なく端的かつ先鋭な事例としてなら、ロブ＝グリエの『嫉妬』（一九五七年）を想起すればよい。そこでは、妻と友人の不義を疑っているらしい夫の視点からの反復的な対人対物描写が全編を埋め尽くしているのだが、この作品について、夫の神経症的なドラマではなく、描写それ自体のドラマと捉えるジャン・リカルドゥーは、夫の嫉妬が病的にみえるのも、友人の妻が実際に病気なのも、二人が「描写されないからだ」と喝破する。

つまり、植民地の家の壁を這うムカデなり、プランテーションの樹木の数なり、窓際で髪を撫でる妻のブラシなり、そのつど何がどの程度の分量で描写されるかという叙述上の選択が、二人の傍らにいながらテクストには一貫してすがたをみせぬ夫の「内面」を作り出す。そのアクロバティックな事態を指摘する批評家は、一事をいまだに「カメラ・アイ」などといった「写実」用語に収めて満足するらしいあまたの読み手の顔色を寒からしめるはずだが、むろん、無理にそこまで深く遠くに目を遣る必要はない。要は、こうしたポイントが、同語反復的な「飲食男女」の日常生活を（日下翠とはまた別の意味で）、容易には読みさしがたいものにしている点にある。

（7）W・C・ブース『フィクションの修辞学』*The Rhetoric of Fiction*, 1961／米本弘一・服部典之・渡辺克昭訳、書肆風の薔薇一九九一年——ジェームズおよびラボックにおける〈Showing/Telling〉の対立の比重を、「視点」から「語り」の問題系に移動し、後者の「諸類型」を（「信頼の置けぬ話者」「内在する作者」「受容者」といった用語とともに）整理するこの書物は、ナラトロジックな興味からは無視しえぬ労作だが、しかし「道徳的問題」をごく平凡な水準で扱い、「共感を伴った読者との一体化」を小説技法の根幹に据えながら、たとえば右記（6）に引いた同じロブ＝グリエの『覗く男』（一九五五年）の少女陵辱者・マチアスの「内面」に「共感」することの是非を問うようなアナクロニズムは、われわれの執るところではない。同じ事は、彼が、形式の多様性を扱うとき、「内面」がさまざまな形態でそこに写されているという「写実」第一概念が反芻される点にもいえる。

（8）　田中智行の立論は、聖嘆が「因文生事」の傍らに呼び込んだ「因縁生法」に大きなスポットをあて、つとに『水滸伝』「読法」の「序三」に記されていた仏教思想と創作との関係として、「文（法）」自体の由来を「因縁」に求めている。その「因縁」を見定めることを「格物」としたうえで、論者は聖嘆批評の全体を張竹坡のいう「経営」（構想・工夫）に対立させているとおもわれる（「「格物」する作者」／「「経営する」作者」）。新鮮でわかりやすい対立提示だが、これに同意することはいささか難しい。二章にも言及したとおり、これはむしろ、二人の金聖嘆の問題だからだ。たがいに和解しがたい「格物」と「経営」の共存・混在と、それにたいする当人の一種豊かな無頓着、それこそが金聖嘆ではあるまいか。

付章　『水滸伝』「読法」について――「文法十五則」

前著『日本小説批評の起源』につづき、本書においても繰り返し断片的に言及する「読第五才子書法」（「読法」一六四一年）の全体に、改めて照明をあてること。もって読者の参考に供することが本付章の主意であるが、そもそもこの「読法」は、七十回本『水滸伝』本文の前に配された六種の文章のひとつである。

他五種の文章は、三つの「序」、正史『宋史』に記された宋江事跡への批語たる「宋史断」、および、作者によるとされる「自序」であるが、これらにも看過しがたい文言がはらまれている。念のため、先だってそれぞれに寸言を寄せておく。

（1）「序一」は、金聖嘆のいわば批評家宣言としてある。彼は、『水滸伝』を、荘周の『荘子』、屈原の『離騒』、司馬遷の『史記』、杜甫の『杜詩』につづき王実甫の『西廂記』に先んずる五番目の「才子書」と呼び、司馬遷や杜甫にも比肩しうるその「才子」

を元末は江蘇省泰州の施耐庵とするが、ここにいう「才子」とは、通常の意味をこえた粛正的なエリーティズムを湛えて独特である。

聖嘆によれば、書をなす資格をもつ者は天命をおびた「天子」(「治」者)か、孔子のような「聖人」(有「徳」者)のみで、それ以外の「古人」には原則として書く資格はない。だが、このとき例外的に「才」をもって書きえた者があり、それが自分のいう「才子」である(「聖人之作書也以徳、古人之作書也以才、」『全集』一・四頁)。世には「才」のかけらもない駄文駄本(「私書」)があふれている。ゆえに、かつてそれらを焼きつくした始皇帝の「焚書」は正しいのだが、それが天子聖人の書にまで及んだのは、間違っていた。そこで、自分は別の方法、すなわち「評」で「私書」を一掃する。そこに、右の六才子にも劣らぬ自分の仕事があるというその批評家宣言を上記に準えれば、「聖嘆之作書也以評、」となろうか。現に聖嘆は、自分もまた司馬遷らと同等(以上)の「才子」であることを晩年にいたるまで随所に匂わせ、あるいは明言している。

(2)「序二」は、『水滸伝』の作者・施耐庵の創作意図を、宋江らへの筆誅に求めている。梁山泊一統の度重なる略奪行為は、たんなる私欲をこえた国家への反逆に他ならない。「水滸」とはそもそも、「王土」から天下の「凶物」「悪物」をはじき出す水際の謂ではないか。盗賊らがたとえ許されて朝廷に召されようが(「招安」)、いずれは成敗されるのが筋である。それが、「碑官」(小説家)ながら憂国の志をもった作者による『水滸伝』である。盗賊は、あくまでも盗賊なのだ。しかるに、時として不敬なそうした作品(「古本」)にあえて「忠義」の一語を冠する後続本(「百回本」「百二十回本」=「俗本」)は許しがたい。それでは、すでに「盗」をなしたものを勇気づけ、なしていない者までも悪事に使嗾するようなものだと、金聖嘆は重ねてその非を鳴らしている(この点に、彼に先立って、俗語小説『水滸伝』や元雑劇『西廂記』の反体制的価値を称揚した李卓吾との本質的相違がある)。

(3)「序三」は、十歳の息子に宛てられた教育指導としての体裁をもつ。

聖嘆はそこで、「序二」が問題とする内容面とは別にその表現面と創作理念にふれ、それぞれ、表現としては「天下之文章」で『水滸伝』勝るものはなく、理念的には「格物」を事とする者たちのうちで施耐庵の右に出る者はいないと絶賛する。前者は、後続の「読法」で敷衍される。後者については、「忠」「恕」の方法概念を媒介に仏教的「因縁生法」と新儒教(朱子学)的「格物」を結びつけてやや難解な理路(第二章参照)として、たとえば百八人を描き分けた作者における「十年格物而一朝物格」(十年の観察をとおして一朝かつ一挙に世界の本質に到達する）が指摘されている。

そこにはまた、少年期からの自身の読書歴が辿られている。十歳で郷塾へはいり四書五経になじめぬまま病気がちな十一歳で『史記』や『法華経』に親しみ、ついにこの「古本」に接した十二歳のおり、四月から八月までの五ヶ月間、日夜書き抜いてみずから「註釈」を書き入れた、それがこの本である、と聖嘆は誇らしげに（息子相手の大法螺めいて）そう記している。

（4）「宋史断」は、ふたつの断章（「宋史目」「宋史綱」）の総称だが、どちらも、史実にたいする憂国者・金聖嘆（「忠臣」）からの批判的文言としてある。

とりわけ、宋江を許し官軍として方臘討伐に向かわせた宋王朝の八つの誤り（「八失」）を列挙・指弾するくだりが目を惹く（高島俊男『水滸伝の世界』二七四、五頁参照）。そこには、たかだか「強盗一人」に翻弄されているのは、「大宋帝国」の「朝廷の尊厳」に悖ること、強盗を許すのは国家の「法」に背くこと、強盗（方臘）退治を元強盗（梁山泊）に頼むのは、国家の人材不足を露呈してしまうこと、強盗に強盗を成敗させるのは、妙策にみえて国家統治としては愚の骨頂であること、正規軍で征伐するのではなく、「招安」策で事をおさめては、国家的な「士」の精神が萎縮すること、その他が、書き連ねられている。

七十回本は幸い、副首領の「夢」のなかとはいえ、宋江一統の処刑で終わることにより史実としてのその「八失」を免れてある。「俗本」は、この「古本」に、弟子筋の羅漢中があらでもな続編（「悪札」）を増補したものである、と聖嘆は念を押す。

（5）末尾に据えられた施耐庵の「自序」なる短文には、老齢の身の感慨として、作品の将来を憂慮する平凡な文辞が、『水滸伝』の作者とは思えぬ陳腐な詠嘆（「嗚呼哀シキ哉、吾生涯《カギ》リ有リ」）をまぶして連なっているが、これは例のごとく金聖嘆自身の作文である。

本書がしばしば召喚する問題の「読第五才子書法」は、右の「宋史断」と「自序」とのあいだに書き入れられ、質量ともに『水滸伝』七十回本前言部分に傑出している。そこにはまず、作者の執筆動機について李卓吾とは対蹠的な見解が示され、司馬遷のごとき運命への「宿怨」ではなく、作者は、「無事」な日々のなかで「筆を弄ぶ」のだとされ、『水滸伝』にはるかに及ばぬ『三国志演義』と『西遊記』への寸評が記されている（前者は話が多過ぎで筆が滞り、後者は挿話がバラバラで一貫した「串」がない）。そのうえで、本書第二章の主題のひとつとなった「因文生事」の命題（《史記》是以文運事、《水滸》是因文生事）が書き込まれてある。次いで、百八人の「性格」を描き分ける技量を賞賛し、『水滸伝』さえ読めるなら、ほかのどんな書物も「破竹の勢いで」読破できるとする者は、さらに、主立った（つまり、その人物にむけ少なからぬ言葉が費やされる）作中人物の寸評つき評価に移る。

すなわち、「天神」級の武松の「上上」と宋江・時遷の「下下」とのあいだで、魯智深・李逵・林沖・呉用・花栄・阮小七・楊志・関勝が「上上」。秦明・索超・史進・呼延灼・盧俊義・柴進・朱仝・雷横が「上中」。石秀・公孫勝・李応・阮小二・阮小五・張横・張順・燕青・劉唐・楊雄・徐寧・董平は「中上」。戴宗は「中下」という具合だが、そこに添えられる寸評にはしばしば鋭い観察が呈されている。曰く、副首領・盧俊義は、「呆気」をおびて「駱駝」の如し。曰く、同じ「粗鹵」（「粗忽さ」）でも、魯智深のそれは「性急」、史進の場合は「若気の客気」、李逵は「野蛮」、武松にあっては、他人の容喙を寄せつけぬ「豪傑」のそれ、阮小七の場合は「悲憤説くところなく」、焦挺の粗忽さには「気質不良」の気味がある。こうした評言は、むろん本文中にもいくつも書き入れられ、結果、金聖嘆は今日、小説批評に作中人物の「性格」（xingge = personality）を導入した最初の批評家として諸方で扱われている（ロールストーン前掲書192 p）。

「因文生事」と「性格」――この二大テーマが披瀝されたうえで、金聖嘆が『水滸伝』

にみいだした十五の「文法」が続く。前著同様、本書もしばしばこれを指呼・援用するわけだが、もとより、この「文法十五則」に、『水滸伝』にたいする金聖嘆の批評全体が集約されているわけではない。かなり胡乱で、場当たり的な項目もあり、本文にも示したように、各文法の具体例の一部には、金聖嘆自身の創作＝捏造も混入されている。この「文法」列挙箇所が、専門家たちによって多くは軽視もしくは無視されてきたゆえんだが、その瑕瑾もふくめ、作品の叙述形式に反応する金聖嘆の独自のスタンスを占うには、有益なものである。

以下に、当の十五則を引用列挙し、各項目に若干のコメントを付加する。

原文訓読は——

①平岡龍城『評註訓訳水滸伝』第十五巻所収「読第五才子書」からの抜粋（一一六—一二〇頁）に基づく。これは、露伴の『国訳忠義水滸全書』の十年前に書かれ、高島俊男によれば「わが国『水滸伝』研究史上最大の業績」（『水滸伝と日本人』）と呼びうる訓訳本だが、他に、平山高知『聖嘆外書水滸伝』（一八二九年）、および『金聖嘆全集 一』（江蘇古籍出版社一九八五年）の当該箇所（一・二二—二四頁）も参照し、一部、私に訓じた箇所もある。

②平岡によるカタカナをひらがなに変更、句読点も調整し、文法名はゴチックで強調した。改行を施し、通し番号を添え、適宜、引用者による読みがなも添え加え旧漢字の多くは新字に改めた。
③平岡により各文法名に付された右訓は（）内に、左訓は〔〕内に記した。
④各文法に添えた私注部分（＊）の『水滸伝』該当回表記は、聖嘆「七十回本」にしたがう（百回本、百二十回本の該当回は＋1）。

『水滸傳』に許多の文法あり。他書の曾てある所に非らず。略々、幾則を後に点す。

（一）倒挿法（掲上の法）あり。

後辺要緊の字をもつて、驀地《ばつと》先づ前辺に挿放するを謂ふ。五台山下、鉄匠間壁《となり》の父子客店、また、大相国寺嶽廟間壁の菜園、また、武大娘子、王乾娘と同じく、去《ゆき》て虎を看むと要《ほつ》し、また、李逵去て棗糕を買ひ、湯隆を收得するなどの如き、是れなり。

＊後で出てくる出来事や事物（および、それに関連するもの）を、前もって（小さ

く）書き入れておくこと。

「五台山下」の例は、酒でしくじり謹慎自粛中の魯智深が、またぞろ山を下り、暴飲狼藉に及んで追放される一段（三回・本書第二章参照）で、再び山をくだったおりにちらと目にとめた看板（「父子客店」）の旅籠に、追放後の身を寄せる（四回）ことを指す。「大相国寺」云々は、五台山追放後に身を寄せた「大相国寺」の長老から魯智深が管理を託された「菜園」で、ならず者たちを手なずけ、「桑園」隅の柳の大樹を素手で引き抜くさまをたまたま目にした林冲と知りあう展開（五回）を指す。この二例にたいし、高唐州との戦いのおりの公孫勝との道中、市場に「棗糕」（棗入りの蒸し菓子）を買いに出た李逵が鍛冶屋・湯隆に出会って仲間に引きこむこと（五十三回）を「倒挿法」に数えるのには、やや無理があるのに輪をかけて、「武大娘子」の例は、無理をこえている。

「武大娘子」は武大の妻・潘金蓮、「王乾娘」は隣の茶屋に住み、金蓮と西慶門の仲を取りもつ老婆（王婆）。この箇所は、七十回本において、初対面の義弟・武松にむかい金蓮が「あたくしもお隣の王おばさんから、虎退治の豪傑の方が、お役所へ迎えられておいでになると聞きました。あたくしといっしょに見にゆこうと誘われたのですが、つい遅くなってしまって、間に合いませんで」と口にした後で、王婆が登場することを指すが（佐藤一郎訳『水滸伝』二十三回）、本書本文で幾度か指摘する例のひとつとして、この科白は、「倒挿法」の定義にあわせた金聖嘆の捏造である。百回本、百二十回本では、この科白に、「お隣の王おばさん」の話題は出てこない。当該箇所は、「あたしも、虎を退治なさったお方を県で迎えるといううわさを聞いて、見に行こうと思っていたのですけれど、つい出かけるのがおくれてまにあわず」（駒田信二訳『水滸伝』二十四回）となっている。

＊なお、今日の用語ではいくぶん「伏線」に近いこの「倒挿法」の機能にあっては、小さな「前」と大きな「後」との距離の近さが不可欠となる点が、注目される。対して、「正犯法」「略犯法」（後述）の場合、二つの出来事や人物の模倣的一対性は、ときに五十回分ほどの頁を隔てても読者の「牢記」に可能となるように、複数の細部にわたり密接な類似が刻み重ねられてくるともいえる。

（二）夾叙法（一ふで両かき）あり。

急切裏に両箇人一斉に說話《はなし》するに、須らく是れ一箇說完《いゝしまは》ざるをまつてまた一箇說ふを，必ず一筆に夾写し出だし來んと要するを謂ふ。瓦官寺にて崔道成が説ふに「師兄《スヒン》、怒を息《や》めよ，小僧が説ふを聴け」、魯智深が説ふ「你説《なんぢい》へ你説へ」（左記「さあ、さあ」）などの如き、是れなり。

＊AとBの会話のさい、Aの言葉をさえぎってBの言葉を割り込ませる手法。

「瓦官寺」における魯智深らの会話は、七十回本では以下の通り。

《智深は、禅杖をさげながら
「お前ら二人は、どうして寺を荒れはてさせたのか」

となじった。その和尚は、

「まあ、おかけください。実は……」

「さあ、さあ」

智深は、目玉をむきだして、

「……実は、以前、この寺は、それはそれは結構なところでした。地所も広く、僧侶も大勢おりましたが（…）」》

（五回／魯迅『中国小説史略 上』今村与志雄訳二六八、九頁）

金聖嘆は、七十回本当該箇所の夾批で、「実は……」と「……実は」のあいだに右訳文では二行分の言葉を差し込む「従古未有」の手腕を絶賛し、同じ回の総評でも、これを「不完全句法」と呼んで特筆大書している（『全集』一‐一二〇、一一六頁）。以下、いくつもの箇所で同じポイントが指摘されるが、右と同様、それらは（一例を除き）すべて注釈者による偽造である（『評註』一‐二七九頁）。中断の効果（第二章参照）に過敏な聖嘆ならではの仕儀だが、同じ視線が、右のような会話ではなく出来事の配列に差しむけられると、下記（十四）「横雲断山法」になる。

なお、魯智深の会話相手は悪道人「崔道成」ではなくて、仲間の行者「邱小乙」だが、こちらはたんなる誤記とおもわれる。

ちなみに、百回本、その他を参照しながら、右一節を最初に疑った『中国小説史略 上』（一九二三年）の魯迅は、『西廂記』の評点でも金聖嘆に同様の仕儀ある事実に、ぬかりなく注意を促している。

＊平岡訓「一ふで両かき」は、この「文法」が演出する一種の同時性（現実の会話でＡＢの言葉が重なるケース）を指してのことかとおもわれるが、上記からすれ

ば、ピントがずれている。偽造ポイントは、中断の効果である。

(三) 草蛇灰線法（伏線の法）あり。
景陽岡に勤めて許多の「哨棒」の字を叙し，紫石街に連《しき》りに若干の「簾子」の字を写《か》くなどの如き、是れなり。驟《には》かにこれを看て、物無きが如きことあり。細やかに尋ぬるに至るに及びては、その中、便《すなは》ち一條の線索有りて、これを拽けば通体倶に動く。

＊本書第四章参照。
武松の虎退治や、潘金蓮・西門慶の出会いといったトピックの周囲に、トピックにかかわる同じ細部を反復的にまぶしてゆく手法（武松はその「哨棒」で虎に立ち向かい、「簾子」の竿を落としたことが姦婦・姦漢の出会いを導く）。他に、祝家荘攻撃のおりの「荘門吊橋」、呼延灼敗走場面における愛馬「踢雪烏雛」など、いくつもの場景にかんして、金聖嘆は同一語彙の反復にことのほか過敏であり、右の「景陽岡」や「紫石街」の場合と同様、反復回数をそのつど熱心に数え上げている。それが、いかなる「伏線」的効果をもつか分析するよりまえに（分析にあたいせずとも）、彼はまず、

ともかく目に付けばすぐに数え上げている。数え上げたものが、今日の推理小説などにいう「伏線」となるわけではない。その意味で平岡の右訓には警戒を要するが、ここで興味深いのは、本書第四章でも特記したように、目についた反復をやみくもに数え上げずにはいないその一種チャイルディッシュな性格が、金聖嘆批評のラディカリズムの底流をなしていることである。

（四）大落墨法（大落の墨法）〔ゆきづまり運がひらく〕あり。
呉用、三阮に説き、楊志、北京に武を闘はせ、王婆、風情を説き、武松、虎を打ち、還道村に宋江を捉え、三《み》び《た》祝家荘を打つなどの如き、是れなり。

＊「呉用、三阮に」は、「生辰綱」襲撃をもくろむ一統の軍師役・呉用が「三寸不爛の舌」を駆使して、梁山泊と水続きの村の豪傑・阮三兄弟を熱心に勧誘すること（十四回）をさす。「楊志、北京」が指呼するのは、路銀に窮したあげく人を殺し自首して懲罰的軍役についた楊志が、北京大名府の長官・梁中書の前の御前試合で、北京軍副隊長と隊長と立て続けに戦い、その力を梁中書に認められ取り立てられること

（十二回・下記「弄引法」参照）。以下、「王婆」が西門慶と潘金蓮を繰り返し唆け、ついに不倫を成就させること（二十三、四回）、「武松」が「景陽岡」の人食い虎を殴り殺すこと（二十二回）、何度も窮地に陥った宋江が絶体絶命に追い詰められた「還道村」で「天書三巻」を得て梁山泊に加わること（四十一回）、その梁山泊一統が最初の略奪対象とした「祝家荘」との戦いが三度目でようやくを実を結ぶこと（四十九回）。龍城の左訓「ゆきづまり運がひらく」はこの点をさし、繰り返しの末に善果（「大落」）を得るさまを、ひとつの法則として「大落の墨法」と呼ぶ。平山高知『聖嘆外書水滸伝』の訓も同様であり、掲げられた例からみるかぎりそう読むのが妥当であるとおもわれる。

ところが、皮肉なことに、本文中の夾批において、聖嘆自身はこれを大「落墨法」の意味で使用している。人肉酒店の張青が武松にむかい、以前も、店に立ち寄った魯智深を殺しかけた話をするくだり（二十六回）に割り込んで、前に魯智深、後ろに武松という構成の妙は、画家たちのいう「大落墨法」のようだと注することが、その一例である。この場合、たとえば花を描くさい、あらかじめ墨で書いてから彩色して「立体感」を与える画法（周以量「明清の水滸伝」・『「水滸伝」の衝撃』二〇一〇年所収参照）が「落墨法」にあたる。同じようにして、「前」（魯智深）が「後」（武松）を準備し引き立てる技法。付けておそらくは、「稗史七則」の馬琴もそう読んでいるはずだ。「七則」中の「襯染」（下染）は、ここから借用されたに相違ない。

（五）綿針泥刺法（とゞめをさす法）あり。
花栄が宋江の枷を開かんことを要するに、宋江肯《がへん》ぜず。また、晁蓋が番番山を下らんと要して、宋江、番番勧《なだ》め住《と》め、最後の一次に至ては便ち勧めざるが如き、是れ、筆墨の外に、便ち利刃直截に進み来たるあり。

＊引例の前者は、閻婆惜殺しでついに捕縛され、黄河南の清州から揚子江南の江州へ配流されんとする途上、梁山泊の仲間とともに宋江を救出した花栄が、首枷を外すよう手下に命じたさい、宋江みずから拒んで、これは「国の掟」ゆえ勝手に外すわけにはゆかない（「此是国家之法度、如何敢擅動！」）と口にする場面（三十五回・『全集』二一‐二〇一頁）を指す。聖嘆はすかさず「嘘だ」（「仮」）と介入する。後者は、最後の略奪市街戦たる曽頭市との戦いに出陣した晁蓋が戦没する流れにかかわる。総大

将晁蓋の出陣をいつも制していた宋江が、このときだけ制止しないのは、敵の予想以上の強さを前に、晁蓋の死とその後の梁山泊の席次を陰険にも密かに予料したせいだろう。綿のなかの針、泥のなかの棘（刃物）のごとく、見かけとは異なった剣呑な裏が隠れていること。右は、そうした指摘となろうが、「国の掟」と同じく、これも宋江の（評者がみる）偽善的で邪悪な「性格」の列挙であって、ふたつながら「文法」の名にはあたいしない。

しかも、右事例の後者は、またして捏造的改変である。宋江は、百回本、百二十回本では、次のごとく、最後まで総大将・晁蓋の出陣を制止している。

《「いや、兄貴は山寨の主、軽々しいまねはなりません。わたしが出かけます」

と宋江がいったが、晁蓋は、

「あんたの功を奪おうというのではない。あんたは何度も山をおりて、いくさに疲れておいでだ。こんどはわたしがかわりに出かける。（…）」

といい、宋江がいくらとめても聞きいれず、晁蓋はいきりたってさっそく五千の軍勢をそろえ、二十人の頭領に加勢をたのんで山をおりた。その他のものは宋公明とともに山寨を守ることになった》（駒田信二訳『水滸伝』六十回）。

この部分をまるごと削除して、先のように書く金聖嘆の（同様の改竄を伴った）宋江嫌いについては、中鉢雅量『中国小説史研究』所収「金聖嘆の水滸伝観」が示唆に富んでいる。

（六）背面鋪粉法（うらよりごふんをぬるの反映）あり。
宋江の奸詐を襯《うらあて》るを要するに、覚へず李逵の真率《つくりなき》を写作し、石秀が尖利《するどき》を襯るを要するに、覚へず楊雄の糊塗《のろき》を写作するが如き、是なり。

＊コントラストの技法を指すものだが、この「襯《うらあて》」の観点は、右記事例のような〈人と人〉の場合のみならず、〈人と物〉にも適用される。
たとえば、梁山泊軍に迫られた北京大名府軍隊長・索超が、大雪のなか宋江の罠に陥る一段（六十四回）にかんして、その回の総評には次の指摘をみる。すなわち、ここでは、索超の様子は「略写」される一方、降りしきる雪は何度も「勤写」されるが、これは、雪を描くことによって索超の様子をきわだてる手法、画家たちのいう

「襯染之法」である、一度は使ってみるとよい、と（『金聖嘆全集』二―四三一頁）。――用語は同じだが、馬琴の「稗史七則」中の「襯染」とは異なる点に注意。

（七）弄引法（くりだしの法）あり。

一段の大文字あるを、突然として便ち起ることを好まずして、且《しば》らく先づ一段の小文字を作《な》して、前に在りて之を引くを謂ふ。索超が前に先づ周謹を写《えが》き、十分光の前に先づ五事を説くなどの如き、是れなり。『荘子』に云く、「青萍の末に始つて、土嚢の口に盛んなり」、と。『礼』に云く、「魯人泰山に事あれば、必ず先づ配林に事あるなり」、と。

＊いきなり「大文字」（要事）を描くのではなく、まず、同類（または、それと関連する）の「小文字」（小事）を書き、それをよすがに「大文字」を作中に引き出す技法。事例として掲げられているのは、梁中書の御前試合で上記の隊長・索超と華々しく闘って引き分ける前に、周謹なる副隊長をあっさり打ち負かす運びだが、この例は上記（四）「大落墨法」と重複し、この「文法」列挙の粗笨な一面をあらわしている。定義にふさわしい引例としては、たとえば、魯智深故事の序盤の「七宝村」。生地

の顔役を殴り殺して逃亡中の魯智深と知りあい彼ををかくまう趙員外は、「五台山」での出家を促すのだが、趙員外の住むその村の名は、文殊菩薩が生まれたとき「七宝蓋」がその上を覆ったという伝説に由来し、「五台山」はその文殊菩薩の「聖地」。この村名を見逃さぬ聖嘆は、「重要なくだり」の「先触れ」のひとつとしてこれを指呼している（『詳註』一‐一八一頁）。この技法は、彼が戯曲用語から散文に応用し、ひそみにならった馬琴も愛用した「楔子」、すなわち、「物を以て物を出す」手法概念にも通ずる。

なお、「青萍の末始つて、土嚢の口に盛んなり」は『荘子』には見当たらない。おそらく、『文選』巻十三に収められた荘玉（BC三世紀）は「風賦一首」中の「夫れ風は地より生じ、青萍の末より起こり、谿谷に侵淫し、土嚢の口に盛怒し、泰山の隈をめぐり（…）」からの誤引用かとおもわれる。また、『礼記』の「魯人」は「斎人」の誤り（『荘子』『文選』は西田耕三の示唆による）。「十分光の前に先づ五事を説く」は未詳。

（八）獺尾法（あとふとりの法）あり。

一段の大文字の後、寂然として便ち住《や》むを好まず、更に余波を作して之を演漾するを謂ふ。梁中書が東郭に武を演じて帰り去りし後に、知県時文彬が堂に升《のぼ》り、武松、虎を打ち岡を下り来て両箇の猟戸に遇著し、鴛鴦楼に血濺する後に、城壕辺の月色を書くなどの如き、是なり。

＊（七）の逆。一段の「大文字」をすぐに終わらせず、その「余波」を後ろに残す手法の事例中、「鴛鴦楼」の大殺戮の後、全身に返り血を浴びた武松の目に「城濠の月色」が美しく映ずる場面（三十一回）の鮮やかさは、「水滸伝と八犬伝」の子規も称賛してやまぬものである。また、「余波」の一語は、その子規をはじめ、『源氏物語』に聖嘆流の「評釈」を付した萩原弘道『源氏物語評釈』（一八五四・六一年）の二十一則（小著『日本小説批評の起源』付録資料「小説法則三種」参照）をふくむ諸方に用いられて、今日に及んでいる。

なお、「獺尾法」は、「獺《かわうそ》」の尾が、尻すぼみにならず少し膨らんでいるところからの命名とおもわれるが、平岡の右訓「あとふとりの法」は、ややそぐわない。事例からも分かるように、あくまでも「余波」ゆえ、前の部分より後のほうが「太い」というわけではない。

（九）正犯法（正しく犯すの法）［累子書き《かさね》］あり。
武松、虎を打つ後に、また李逵が虎を殺すを写《えが》き、また二解が虎を争ふを写く。潘金蓮、漢《おとこ》を偷む後、また潘巧雲、漢を偷むを写き、江州城に法場を劫《おか》す後に、また大名府に法場を劫すを写く。何濤、盗を捕ふる後に、また、黄安が盗を捕ふるを写き、林冲起解の後、また、盧俊義の起解を写き、朱仝・雷横、晁蓋を放つ後に、また、朱仝・雷横、宋江を放つなどの如き、正に是れ、故意に題目を把て犯了《おか》すを要し、却て本事ありて出落し得て一点一画の相ひ借る無く、以て快楽を為す、是なり。真に是れ渾身都《すべ》て是れ方法なり。

＊本書本文で繰り返し言及するこの「文法」にかんして改めて多言を要すまいが、上記引例を補足すれば、「起解」は、護送用の縛めを解くこと。「何濤、盗を捕ふる後に、また、黄安が盗を捕ふるを写き」の対偶は、二役人と梁山泊勢（「盗」）との関係が逆転している。七十回本『水滸伝』本文（十八回―十九回）に照らせば、「何濤、盗に捕はるゝ後に、また、黄安が盗に捕はるゝを写き」が正しい。

（十）略犯法（ほゞ犯すの法）〔似より書き〕あり。
林冲刀を買ふと楊志が刀を売る、唐牛兒と鄆哥，鄭屠が肉鋪と蔣門神の快活林、瓦官寺に禅杖を試むと蜈蚣嶺に戒刀を試むるとなどの如き、是なり。

＊この「文法」も本文参照。
引例を補足すれば――「唐牛兒と鄆哥」は、ともに「大文字」（潘金蓮、閻婆惜）の事件にたまたま介入する街の不良少年。「鄭屠」と「蔣門神」は、それぞれ魯智深と武松に成敗される土地の顔役。「官瓦寺」と「蜈蚣嶺」は、同じ魯智深と武松の二人が、手に入れた携帯武具（魯の「禅杖」、武の「戒刀」）に初めて物をいわせた場所。「正犯法」との峻別がつきにくい場合があり、これゆえ本文では時に「正犯（略犯）法」などと記した。

（十一）極不省法（極めて省かざるの法）〔くはしく書き立《たて》る〕あり。
宋江の犯罪を写《えが》かんと要して、却て先づ、招文袋の金子を写き、却てまた先づ、閻婆惜と張三と事あるを写き、却てまた先づ、宋江、閻婆惜を討《かゝ》へるを写き、却てまた先づ、宋江、棺材を捨《ほどこ》すを写くなどの如し。凡そ若干の文字あれども、都て正文に非ざる、是なり。

＊右の事例は、宋江の「落草」の原因となった閻婆惜殺しの顛末（十九、二十回）を、「末」から逆に辿ったもの。順を正しく転ずれば……①夫の弔いも出せぬ見ず知らずの女のために宋江が棺桶の世話をしてやる→②女は器量よしの娘・閻婆惜を宋江の「妾」にして貰う→③浮気性の娘は間男をし、宋江を疎んずる→④以前急場を救った晁蓋（いまは梁山泊首領）からのお礼の金と手紙の入った書類袋（招文袋）を、宋江は娘の元へ置き忘れる→⑤書類袋を片手に脅迫する娘を殺害する……となる。この経緯を省略することなく書き込む技法といった説明だが、「若干の文字」云々については確言しがたい。「正文」を「物語を語る主要な文」（『詳註』一‐二二四頁）と受け取れば、これは、ごく常識的な指摘となる。どのような作品にも、「正文」すなわち「本筋」（①→⑤）にはかかわらぬ「若干」の言葉があるからだ。

（十二）極省法（極めて省く法）あり。

武松、陽穀県に迎へ入り、恰も武大もまた搬来《ひっこし》するに遇ふ、正に好く撞著するが如き、また、宋江が琵琶亭に魚湯を喫して後に、連日腹を破るなどの如き、是れなり。

＊文字面からは、（十一）とは逆に、出来事の経緯を極端に省略して、結果だけを描く技法とみえる。その場合、右記事例の前者においては、虎退治のあと、武松が剛勇を買われ歩兵都頭として登用された陽穀県（ここまでは、ごく平凡な因果）に、兄の武大がたまたま引っ越してくるまでの経緯（「撞著」は「出くわす」）が省略されている点を指すと考えられる（二十三回）。これは分かるが、白楽天ゆかりの江州の河辺で、戴宗・李逵・張順らと義を結んだ宋江が魚類スープを飲んで下痢をしたという後者のケース（三十八回）が、なぜ「極省法」の例となるかは、不明。この「文法」そのものが、たんに、（十一）と形式的な（あるいは、いかにも中国流の）「対」を取るためのものか？

（十三）欲合故縦法（合せんと欲して故《ことさ》らに縦《はな》つの法）〔ひやひやさせる法〕あり。白龍廟前に、李俊、二張、二童、二穆などが救ひ船已に到るに、却て、李逵重ねて城に殺入し去かんと要するを写き、還道村の玄女廟中に、趙能、趙得都て已に出で去つて、却て樹根に絆跌する土兵の叫喊することあるなどの如き、人をして到臨了《まぎわ》にまた加倍《ますます》嚇を喫せしむ、是れなり。

＊指呼されてある二つの具体例からすれば、これは、事が済んだ（とおもわれた）あとに、関連する何事かをわざとタイミングをずらせて書き添える手法となる。他方、平岡による左訓（「ひやひやさせる法」）を尊重し、右を、決着までの過程を引き延ばし読者を「故らに《ことさら》」焦らせる技法と、より一般的に受け取ることもできる。ロシア・フォルマリストたちなら「減速遅滞作用《トルモジェーニエ》」と呼ぶはずのそのサスペンシヴな技法は確かに、『水滸伝』にしばしば用いられているからだ（第二章参照）。

たとえば、流刑先の滄州は柴進の屋敷で、屋敷にいた武芸師範と新来の林冲とが試合をするくだりで、その前に「まあ、酒でも飲んで」と間を入れる呼吸がそれにあたり、その第八回の章回評で、聖嘆は、この間（「一頓」）が読者を焦らす（「癢」）効果を指摘している（「此一頓已是令人心癢之極」・『全集』一‐一五三頁）。同じく、「水滸伝と八犬伝」の子規は（聖嘆の指摘をおそらく念頭におき）、武松打虎の筆致の生彩につき次のように記して、「小説批評」家としての並ならぬ見識を示している。

《(…)併し虎といふ奴は非常な敏捷な奴であるから、いざ現れたといふ瞬間には、武松が殺されるか虎が殺されるか、直に勝負がついてしまふのである。それだから其瞬間の活動を成るべく面白く読者に読ませるためには、読者をして、虎はもう出るか、もう出るか、と十分に待ち焦らせておく必要がある》(『子規全集』十四巻二八五、六頁)

(十四) 横雲断山法（横雲山を絶つの法）〔入れこと〕あり。両《ふたゝ》び祝家荘を打つ後、忽ち解珍・解宝、虎を争ひ獄を越ゆるの事を挿出し、また、正に大名城を打つの時、忽ち截江鬼、油裏鰍が財を謀り命を傾くる事を挿出するなどの如き、是れなり。只、文字太《はなはだ》長きために、便ち累墜《こしおれ》を恐る、故に半腰間より暫時に閃出して、以てこれを間隔す。

＊ひと続きの出来事が、長すぎて作者（＝読者）が「累墜」する（疲れる・だれる）ことを恐れ、途中に別事を挿入すること。事例としてあげられているのは、前後三度に及ぶ「祝家村」攻撃の、二度目と三度目とのあいだに（一種の同時異景として）挿

入される、解珍・解宝なる猟師兄弟による虎狩の挿話（四十九回・本書第二章参照）、および、北京大名に捕らわれた盧俊義・石秀の救出戦争時に、神医・安全道の勧誘を託された張順による、いわば行きがけの駄賃めいた水賊（截江鬼、油裏鰍）退治（六十四回）。

会話における、上記（二）「夾叙法」といくぶん類似した観点からの指摘だが、適当に（小さな）別筋が挿入されると、かえって本筋の持続性や一貫性が確保・強調されるというこの技法は、馬琴や萩原広道の往時から、広く今日にかけて、多くの作家や文芸批評家たちに（金聖嘆の名を忘れて）踏襲され、意識化されている。

命名における比喩も、適切にして絶妙。

（十五）鸞膠続弦法（鸞膠弦を続くの法）「つぎ合せる」あり。

燕青梁山泊に往き、信を報する路に楊雄・石秀と遇ふ、彼此須らく互ひに相識らざるが如し。且つ、梁山泊より大名府に到るに、彼此既に同じく小径を取るに、また豈に止々《たゞたゞ》一小径の理あらんや。看よ他《かれ》が便ち手に順て如意子を借て鵲を打ち卦を求めて、先づ巧を闘出し来たりて、然して後、一拳を用ひて石秀を打ち倒し、姓名を逗出し来るなどの如き、是れなり。都て是れ、刻苦し算得し出し來たる。

＊事例として呈示されているのは、まったき偶然である。すなわち、北京大名府の官憲に捕縛された主人・盧俊義の救出を求め、ひとり梁山泊にむかう好漢随一の伊達者・燕青は、夜明けの林で、石弩で鵲を狙い、金ももたぬ旅路の前途を占う。運良く命中。射止めたその鵲を探す「小径」で、おりから、宋江の命で盧俊義の様子を探りにやってきた楊雄・石秀をみかけた燕青は、相手が梁山泊一統とも知らず追いはぎをしかけ、挌闘の最中に味方同士であることを知る。――この偶然をさして、金聖嘆は、書き手の用意のほどを強調するわけだが、これを「文法」と呼ぶのは、かなり強引である。

ちなみに、「純粋小説論」（一九三五年）の横光利一は、同じ用意を（「感傷性」とあわせて）至当にも「通俗小説の二大要素」とみなしている。

＊＊この「文法十五則」は、小著『日本小説批評の起源』の「付録資料」の一部に収録した文章に、修正・加筆を施したものである。小著上梓後に読みえた専門

書を参考に、いっそうの正確を期したつもりだが、なお瑕瑾は多々あろうかともう。改めて、大方の教示を願っておきたい。

主要引用（参考）文献

『金聖嘆全集』全四巻　江蘇古籍出版一九八五年
『水滸全伝』『開放文學』http://open-lit.com/book.php?bid=190
平岡龍城『評註訓訳水滸伝』全十五巻　近世漢文学会一九一四―一六年
幸田露伴『国訳忠義水滸全書』『露伴全集』第三三巻～三七巻　岩波書店一九七九年
駒田信二訳『水滸伝』『中国古典文学大系』28・29・30　平凡社一九六七、六八年
佐藤一郎訳『水滸伝』『世界文学全集』7・8　集英社一九七九年
小松謙『詳注全訳水滸伝』一～五巻　汲古書院二〇二一―二四年
『大宋宣和遺事』『開放文學』http://open-lit.com/book.php?bid=562
入江義隆他訳『大宋宣和遺事』『中国古典文学全集』七　平凡社一九五八年
王実甫『西廂記』中国哲学書電子化計画https://ctext.org/wiki.pl?if=gb&res=70888
――田中謙二訳『中国古典文学大系』52　平凡社一九七〇年
笑笑生『金瓶梅』中国哲学書電子化計画https://ctext.org/jinpingmei/zh
小野忍、千田九一訳『金瓶梅』『中国古典文学大系』33・34・35　平凡社一九六七―六九年

田中智行訳『新訳金瓶梅』上、中　鳥影社二〇一八、二一年
曲亭馬琴『新編金瓶梅』　群馬大学図書館蔵（国文学研究資料館：請求番号077-0008-003）
――『南総里見八犬伝』　岩波文庫一九九一年
李贄（李卓吾）、溝口雄三訳「焚書」『中国古典文学大系』55　平凡社一九七一年
張竹坡「批評第一奇書金瓶梅読法」・田中智行訳注稿（上）（下）二〇一三、一四年　徳島大学https://repo.lib.tokushima-u.ac.jp/ja/106014
――「金瓶梅寓意説」・阿部浩子訳注稿（仏教大学紀要）二〇一九年三月https://archives.bukkyo-u.ac.jp/rp-contents/DB/0047/DB00470R129.pdf
田中智行「『金瓶梅』張竹坡批評の態度――金聖歎の継承と展開」『東方学』二〇一三年一月
森鷗外他「標新領異録」『鷗外全集』第二四巻　岩波書店一九七三年
幸田露伴「金聖歎」『露伴全集』第十五巻　岩波書店一九七八年
正岡子規「水滸伝と八犬伝」『子規全集』第十四巻　岩波書店
David L.Rolston: *Traditional Chinese Fiction and Fiction Commentary*, Stanford 1997
夏目漱石『文学論』『漱石全集』第十八巻　岩波書店一九五七年
山田爵他訳『フローベール全集』第9巻　筑摩書房一九八六年

蓮實重彥『ジョン・フォード論』　文藝春秋社二〇二四年
中村真一郎『小説家ヘンリー・ジェイムズ』　集英社一九九一年
ヘンリー・ジェイムズ「小説の技法」　青木次生編訳『ヘンリー・ジェイムズ作品集8』　国書刊行会一九八四年
――多田敏男訳『「ニューヨーク版」序文集』関西大学出版部一九九〇年
パーシー・ラボック、佐伯彰一訳『小説の技術』　ダヴィッド社　一九五七年
アルベール・チボーテ、生島遼一訳『小説の美学』　人文書院一九六七年
魯迅、今村予志雄訳『中国小説史略』上、下　ちくま学芸文庫一九九七年
中鉢雅量『中国小説史研究』　汲古書院一九九六年
島田虎次『中国における近代思惟の挫折』　筑摩書房一九七〇年
小松建男「李卓吾と金聖嘆」　伊藤虎丸、横山伊勢雄編『中国の文学論』汲古書院一九八七年
周勛初『中国古典文学批評史』　高津孝訳　勉誠出版二〇〇七年
小松謙『水滸伝と金瓶梅の研究』　汲古書院二〇二〇年
高島俊男『水滸伝の世界』　ちくま文庫二〇〇一年
中野美代子『中国人の思考様式』　講談社現代新書一九七四年

井波律子『中国の五大小説』上・下　岩波新書二〇〇八、九年
日下翠『金瓶梅』中公新書一九九六年

あとがき――「私情」の方法化

二〇二一年九月、わたしは急性白血病に罹患した。その二月前に見つかった骨髄異形成症候群（ＭＤＳ）から一足飛びの速さで移行したものだ。翌年十二月、臍帯血による造血幹細胞移植手術を受け、二十三年四月まで入院していた。退院後、三度ほど短期の入退院を繰り返し、幸いと徐々に回復して現在に到っている。本書は、この移植手術をはさんだ前後二年半ほどの期間に断続的に書き継いだ四本の原稿（一章―四章）に基づいているが、最初の鏡花論（『幻影の杼機』一九八三年）から指折れば四十年、たえず一定の批評的距離を保って――つまり、いたずらな私情や私感吐露を禁じて――対象に接することを堅く旨としてきた者にとって、これはきわめて例外的な書物である。個人的な事情が批評そのものに大きくかかわっているからだ。

以下、少し丁寧に説明させてもらえば……かつて、みずから「テクスト分析を介した長大な追悼文」と呼んだ『中上健次論　愛しさについて』（一九九六年）もなかばそうだった。夭折した作家への哀惜の情に衝き動かされるまま『枯木灘』を読む批評家は、秋幸

＝中上にあられもなく感情を移入し、さる批評家に見透かされたとおり、大泊の海で秋幸から泳ぎを教わる（血の繋がらぬ）従兄弟の洋一のように、浮きつ沈みつ、作品世界を泳ぎまわった。

正確にはしたがって、これは二度目の、しかも、この六年ほどの期間にわたって連続する例外的所産の一作である。その間、同様に個人的事情に促された書物を、わたしはすでに二冊上梓している。

二〇一八年六月、わたしは自分の不徳不見識に由来する出来事を招いた。以来、出来事のもたらす諸事に（中途からは闘病と並行して）長く翻弄されてしまうのだが、当初、新聞やネットに流布される悪評や予期をこえたもろもろの事態に押し潰されぬよう、平岡龍城施訓七〇回本の和綴十五冊と『金聖嘆全集』四巻本を携えて東京を離れ、しばらく京都東山に蟄居した。読み慣れぬ漢文『水滸伝』を選んだのは、バランスを崩した精神治療の一助であり、窮余の勘働きのごとく金聖嘆に飛びついたのは、「稗史七則」をはじめとする馬琴の評文でしばしばその名に接して気に掛かっていたからだ。聞けば、『水滸伝』を勝手に「腰斬」したこの男は、王朝交替期に起こった学生主導の抗議騒乱にさいし、当人にとっては身に覚えのない罪で連座投獄、処刑されたという。何より、日頃の高慢矯激な言動が大きく災いした。学生たちの教授による誣告なども、新王朝・清によるその見せしめ的な処置を助長したらしい。

処刑直前に家族に宛てた手紙には、なぜこんなことになったか「不思議不思議」と書き残している。風説には、首を斬られるのは「痛」、一足飛びにこの世を去るのは「快」（速い）、「痛快痛快」と嘯いたとある。馬琴の手元にある一書には、昼日中の往来で脱糞し、駆けつけてきた役人を嘲り、揉め、裁判所でも悪口やまず、「誹謗ノ罪」によって「腰斬」の刑を受けたとまである（桂川中良『桂林漫録』）。幸田露伴が「卟《けい》」を持ち出すゆえんだが（四章参照）、折り柄か、この批評家に強い興味をおぼえ、七十回本に手が伸びた。そのいかにも私的な動機から未知の批評家に馴染みはじめたわけだが、馴染むほどに（香具師まがいの誇張やハッタリに苦笑するかたわら）何度も目の洗われる思いになる。こんなところに、シクロフスキーがいる。リカルドゥーまで！　本書「序文」にふれた『日本小説批評の起源』（二〇二〇年）は、その発見の弾みのもとに書いた（いまにつづく例外期の）最初の一本である。書きながら、批評の生命力にみちた脈動を痛感した。

先述のとおり、この『日本小説批評の起源』の一年後、すでに「天罰」めいていたMDSがさらに白血病に移行した。移植手術よりほかに手はないが、年齢と持病を考えると相当危険な手術になるという。そこで、移植は避け、使用許可が出たばかりの新薬による治療に頼り、比較的順調だった。機に乗じて新しい一冊に臨みはじめたが、薬効については、あらかじめ厳しいことを聞かされていたので、さすがに「死ぬこと」への怯えが片時も脳裏を去らない。去らぬのなら、そのままここにいて役に立ってもらうしかない。それが、二本目『子規的病牀批評序説』(二〇二二年)の由来である。そもそも、『水滸伝』と金聖嘆への目をくっきりと開かせてくれたのも、名作「水滸伝と八犬伝」の子規だったではないか。わたしは「病牀」の子規の流儀で——すなわち、「天命」としての「病気を楽しむ」(『病牀六尺』)かのように——思うさま自在に、読み、かつ書いた。いわば、「私情」の方法化である。一本目では動機であったものが、ここでは、「遺書」的な方法と化している。なんとか上梓にこぎつけ、余勢を励まして、ふたたび『水滸伝』と金聖嘆に戻りはじめたが、その間、案の定、病勢は悪転し移植手術よりほかに打つ手がなくなった。覚悟を固め、二章まで書きあげた原稿を信頼する二人の編集者に託して手術に臨んだが、その一章、二章にも随所に「私情」が作用している。

一章において、それは結果的に、あるいは無意識のうちに、テクストの細部を目覚めさせるために不可欠なバイアスの新種として機能している。たとえば、そこで見いだした

〈数〉の組成力をめぐり、「私情」に促されていなければ、〈二〉と〈三〉とは次元を異にする〈一〉＝「死」の単数性には、気づけなかったとおもう。

二章において、「私情」は、自分にとって「批評とは何か」というきわめて素朴な問いを許している。いくつかの理由で、わたしは久しく、その素朴さを自他に拒んできたのだが、最期には問うても罰は当たるまい。それが、なかば以上「絶筆」を覚悟していた者の（いささか芝居がかった）判断となった。

三章と四章は、移植を終え、付きものの複数の合併症（ＧＶＨＤ）を凌ぎ凌いで書きあげた。この二つの章は一続きに近いものだが、新たに『金瓶梅』を読み加え、張竹坡と金聖嘆、遡ってさらに李卓吾、海を逆方向に渡って、ヘンリー・ジェームズとパーシー・ラボックの関係などを視野に収めているこの場所にも――大方すでにお察しのとおり――わたし自身の「亜流」性への顧慮が伴っている。死ぬことをとりあえず免れたとたん、改めて自分を省みるやら、これからの生き方が気になったのやら、いずれにせよ、前二章もふくめ、ひとことで復誦すれば、本書は例外的に実存的な仕事になったわけだが、かといって、わたし一個において、「批評」がいまや「己の夢を懐疑的に語る」（小林秀雄）ためのものになったわけではない。わたしは小林のいう「夢」など持ったことはないからだ。〈いま・ここ〉にあるもの、現れたものと、そのつど全身で対応することしか知らないし、より理想的な、少しでも前向きな状態でこれに対応できることしか求めない。そこに到来したのが、今回は白血病だったわけだ。その対応結果たる本書が、どの程度まで良く出来ているか?……それはとうぜん、読者の方々の斟酌にゆだねるとして、こうしてまた新しい本の著者たりえた者の、こちらはごく普通の悦ばしき「私情」として、以下に、諸方への謝辞を捧げさせていただきたいとおもう。

＊

何よりまず、阿部晴政さんに。自業自得の苦境に大病も加わり、意気阻喪の極みに陥りがちな者を励まして、書くことの意欲をたえず鼓舞してくれた彼なしには、先の二著と同様(以上)に、本書もまたありえなかった。

『新潮』誌の前編集長・矢野優氏に。一件以来、周囲の目が厳しさをますなかで、わたしには新たな出発点となった『日本小説批評の起源』の第一章にあたる文章(「話芸と書法」)を『新潮』誌に掲載してくれたばかりか、『子規的病牀批評序説』の上梓後、移植前の病牀から書き送ったエッセー「偶然の通行人」も載せてもらった。そのころには、ネットに広がるいくつもの誤情報も手伝って、わたしが物を書き発表すること自体が罪であるかのような空気が極まり、掲載にはやや難渋したと聞く。「良いものは載せる」というご自身の原則を貫いていただいたことに、ここに改めて敬意と深謝を捧げたい。

先にいう「二人」とは、もちろん右の両氏だが、同じく、読書人の明石健五さんにも深く感謝したい。同氏は一件で大学を離れた「教え魔」に、教える場所（「読書人セミナー」）を提供してくれた。添削中心のその教場は、病気のために途絶を強いられたが、あたかも、その続きのように（聖嘆の書換の一部は立派な添削指導である）、今回はまた、本書の出版を引き受けてくださった。

続いて、小松謙、田中智行氏をはじめとする専門家の方々に。

わたしは、中国語を知らない。漢文の読解能力に恵まれているわけでもない。中国文学の十分な基礎知識もない。そうした者が、上記の「動機」で向こう見ずにも、その最高傑作といえる小説と批評を論じて最初の一本をあげた二月後に、はからずも小松氏の『詳注全訳水滸伝』の第一巻（二〇二〇年八月）が――わたしには、あたかも宋江に舞い降った「天書」のごとき賜として――世に現れた。自分の勘働きに無二の味方を得て、爾来、続巻が出るたびに座右に据えながら、本書に臨むことができた。『金瓶梅』にかんしては、小松氏の訳註本と同じ体裁をもつのみならず、従来の翻訳では敬遠されていたきわどい性描写もこなれた日本語に訳してくれた田中氏の『新訳金瓶梅』も、貴重な文献となった。両氏に感謝すると同時に、現時点ではそれぞれ未了の画期的労作の完結を、一読者としてさらに鶴首したい。

ネットに公表された各種の論文類もありがたかった。日本語訳の乏しいさまざまな文献の検討にあたり、数々の論考のなかから、わたしにとって重要とおもわれる原文の日本語訳を拾い拾って、考察の一助となし、一部はお名前を付記して利用させてもらった。

別して、日文研の伊東貴之教授に。中国近世思想史の研究者であると同時に日本文学への造詣も深い同氏には、旧知の仲に甘え、ご多忙を割いてゲラを検分していただいた。ずぶの素人には、心強い助力だった。

最後に、朋友たちに。——この六年いやというほど思い知ったのは、「知己」とは、わたしにとって、生きてあることへの賜ではなく、その必須条件だという事実である。その方々への感謝と同じ思いは、読んでは寝つき、書いては寝つく我がまま放題な病人を支えつづけてくれた家族にも捧げねばとおもう。

＊

前著の「まえがき」にあたる文章の末尾に、わたしは、自分などよりはるかに過酷で絶望的な「病牀」からの子規の言葉を引いた。曰く、「悟り」とはどんな場合にも「平気で死ぬる」ことではなく、どんな場合でも「平気で生きて居る事」なのだ、と。これを肝に銘じ、生きて本書にたどり着いたいま、わたしは自前の「悟り」を得たとおもっている。書けているうちは死なないという確信が、それである。「死ねない」という必死の使命感ではない。「死ぬはずがない」という楽天的で、十分不遜な心意気である。ことによると、それはたぶん、かつて「死ンデモ余ハ感ジテ見セル。感ジナイ筈ガナイ」と嘯いた「瘋癲老人」と同じ歳頃になった者の、敬愛する大作家へのオマージュを変奏した「悟り」なのかもしれないが……ともあれ、あとはさらに書く物と場所をみつければよいのだと、「平気」にそう覚悟している。

二〇二四年晩秋

渡部直己

渡部直己　わたなべ・なおみ
一九五二年東京生まれ
【著書】
『幻影の杼機　泉鏡花論』（国文社／河出書房新社）『リアリズムの構造　批評の風景』（論創社）
『谷崎潤一郎　擬態の誘惑』（新潮社）『日本近代文学と〈差別〉』（太田出版）
『中上健次論　愛しさについて』（河出書房新社）『不敬文学論序説』（太田出版／ちくま学芸文庫）
『かくも繊細なる横暴　日本「六八年」小説論』（講談社）『メルトダウンする文学への九通の手紙』（早美出版社）
『日本小説技術史』（新潮社）『言葉と奇蹟　泉鏡花・谷崎潤一郎・中上健次』（作品社）
『小説技術論』（河出書房新社）『日本批評大全』（編著・河出書房新社）
『日本小説批評の起源』（河出書房新社）『子規的病牀批評序説』（月曜社）
他多数

『水滸伝』と金聖嘆

著者　渡部直己

二〇二五年一月三一日　初版第一刷発行

発行者　明石健五

発行所　株式会社　読書人
一〇一―〇〇五一　東京都千代田区神田神保町一丁目三－五
TEL：03-5244-5975／FAX：03-5244-5976
https://dokushojin.net
email:web@dokushojin.net

装幀　中島浩

編集　阿部晴政

印刷・製本　モリモト印刷株式会社

ISBN978-4-924671-69-0